茶聖(上)

伊東　潤

幻冬舎時代小説文庫

本文デザイン／芦澤泰偉

茶聖 上

Sen no Rikyu

茶聖

Sen no Rikyu

上

目次

【登場人物一覧】（登場順）

千利《せんのり》休《きゅう》（宗易） 大永二（一五二二）年〜天正一九（一五九一）年

堺の魚問屋・田中与兵衛の子として生まれ、与四郎と名乗る。武野紹鷗に茶の湯を学び、宗易と号して侘茶を大成させる。信長・秀吉の茶頭を務め、天下人による茶の湯の政治利用を手助けした。後に「利休」という号を正親町天皇から贈られる。

蒔田《まきた》淡路守《あわじのかみ》 永禄二（一五五九）年〜文禄四（一五九五）年

またの名を雀部《ささべ》重政《しげまさ》。豊臣秀吉・秀次の家臣。利休の弟子だった関係で、秀吉から取次役を命じられる。利休の切腹に際しては見届役を務め、一説に介錯を行ったという。

今井《いまい》宗久《そうきゅう》 永正一七（一五二〇）年〜文禄二（一五九三）年

武野紹鷗の女婿。堺の商人。利休・宗及と共に、信長・秀吉の茶頭を務め、天下三宗匠の一人とされる。織田信長上洛時に矢銭を納めることで堺を救い、以降も信長と緊密な関係を築いていく。

津田《つだ》宗及《そうぎゅう》 生年不詳〜天正一九（一五九一）年

堺の豪商・天王寺屋の主。父（紹鷗の弟子）から茶の湯を学ぶ。利休・宗久と並ぶ天下三宗匠の一人で、信長・秀吉の茶頭を務めた。とくに秀吉と親しく、その茶頭として良好な関係を築いていた。

織田《おだ》信長《のぶなが》 天文三（一五三四）年〜天正一〇（一五八二）年

室町幕府の歴代将軍が秘蔵した名物道具（東山御物）を継承したことで、茶の湯を政治的に利用することを思いつき、「御茶湯御政道」を創始する。茶の湯の認可制や土地の代わりに茶道具を下賜するなどの独特の施策を展開した。

羽柴《はしば》（豊臣）秀吉《ひでよし》 天文六（一五三七）年〜慶長三（一五九八）年

天下人となった後、信長の「御茶湯御政道」を継承し、茶の湯の政治的利用を推進する。利休と表裏一体となり、禁中茶事や北野大茶湯を開催し、桃山文化の中心に茶の湯を据えた。演能にも傾倒し、晩年は自らの事績を謡本に書かせ、自ら舞うほど力を入れていた。

山上《やまのうえ》宗二《そうじ》 天文一三（一五四四）年〜天正一八（一五九〇）年

堺の商人にして利休の直弟子。秀吉の茶頭となるが後に放逐され、小田原の北条氏の許に身を寄せる。小田原合戦の際、使者として秀吉の許に伺候するが、再び勘気をこうむり、耳と鼻を削ぎ落されて磔刑に処される。

長次《ちょうじ》郎《ろう》 永正一三（一五一六）年〜天正二〇（一五九二）年

安土桃山時代を代表する京都の陶工。利休の依頼した楽焼（黒楽・赤楽）茶碗の創始者となる。渡来人の父が阿米夜《あめや》と名乗っていたため「あめや長次郎」とも呼ばれる。

りき（千宗恩） 生年不詳〜慶長五（一六〇〇）年

利休の後妻。利休の影響で茶道具や茶事に精通し、女性茶人の嚆矢となる。千少庵（連れ子）の母、そして千宗旦の祖母として、千家隆盛の礎を築く。

千紹安《せんのじょうあん》（道安） 天文一五（一五四六）年〜慶長一二（一六〇七）年

利休の長男。少庵の異母兄。秀吉の茶頭八人衆の一人。利休没後、細川忠興の茶頭となる。堺千家の祖となるが後継者がおらず、堺千家は一代で途絶える。

黒田《くろだ》孝高《よしたか》（官兵衛、如水） 天文一五（一五四六）年～慶長九（一六〇四）年
秀吉の謀臣となって天下取りを助け、豊前中津城主となる。利休に傾倒した大名茶人でもあり、文芸や芸術全般への造詣が深い。関ヶ原合戦を機に徳川方に転じ、福岡藩五十二万三千石の祖となる。

千少庵《せんのしょうあん》 天文一五（一五四六）年～慶長一九（一六一四）年
利休の後妻・りきの子であり、利休と血のつながりはない。利休の娘と結婚する。利休没後は蒲生氏郷の許に蟄居するが、後に許され、京千家の創始者となる。

石田《いしだ》三成《みつなり》 永禄三（一五六〇）年～慶長五（一六〇〇）年
秀吉の奉行として太閤検地などの民政に手腕を発揮する。茶人が政治に参画するのを嫌い、利休との折り合いは悪かったと伝わる。後の関ヶ原合戦で没落した。

ルイス・フロイス 一五三二年～慶長二（一五九七）年
ポルトガル出身のカトリック司祭（イエズス会士）。一五六三年に来日し、熱心に布教活動を行う。記録を残すことにも力を発揮し、信長・秀吉時代を書いた著作『日本史』等は貴重な史料となっている。

織田《おだ》信雄《のぶかつ》 永禄元（一五五八）年～寛永七（一六三〇）年
信長の次男。信長没後は秀吉傘下の大名となるが、小牧・長久手合戦で秀吉に敵対する。後に許されて小田原合戦に従軍するも、戦後に移封を渋ったことで秀吉に追放される。秀吉の御伽衆を経て、その没後には家康に接近し、五万石余を与えられて大名となる。

ノ貫《へちかん》 生没年不詳
京の商家に生まれ、武野紹鷗の弟子になったとされるが、詳細は不明。世俗と距離を置くべく京都・山科に暮らし、独自の侘茶を追求した。北野大茶湯で秀吉に賞賛される。

古田《ふるた》織部《おりべ》 天文一二（一五四三）年～慶長二〇（一六一五）年
信長・秀吉に仕えた大名茶人にして利休七哲の一人。二代将軍・秀忠の茶頭となり、独特な造形美の織部焼を創案する。しかし大坂の陣で不穏な動きをしたことで、家康と秀忠に切腹を命じられる。

高山《たかやま》右近《うこん》 天文二一（一五五二）年～慶長二〇（一六一五）年
キリシタン大名にして利休七哲の一人。信長・秀吉に仕え、摂津高槻城主や明石城主などを歴任。秀吉の伴天連追放令にも信仰を捨てず改易に処される。その後、前田利家・利長に仕えるも、徳川幕府の禁教令にも改宗せず、国外追放とされてマニラで客死する。

ガスパール・コエリョ 一五三〇年～天正一八（一五九〇）年
ポルトガル人。イエズス会士。インド・ゴアでカトリック司祭となる。秀吉から布教の許可を得るが、キリシタン大名に軍事援助を行うなど不穏な動きを示し、秀吉や家康の禁教令を誘発する。

大友宗麟《おおともそうりん》 享禄三（一五三〇）年～天正一五（一五八七）年
九州北部六カ国を領有したキリシタン大名。フランシスコ・ザビエルの導きでキリシタンとなる。大名茶人としても知られ、多くの名物を所有した。大坂城に来た折、秀吉と利休の案内で黄金の茶室を見学し、その詳細な記録を残した。

前田利家《まえだとしいえ》 天文七(一五三八)年～慶長四(一五九九)年

前田家(金沢藩)の始祖。信長・秀吉に仕え、秀吉没後は秀頼を補佐した。利家の死後に勃発した関ヶ原合戦に際し、息子の利長が東軍についたことで、加賀百万石の礎が築かれた。茶会に参加した記録は少なく、茶の湯にはさほど耽溺しなかった。

宇喜多秀家《うきたひでいえ》 元亀三(一五七二)年～明暦元(一六五五)年

備前・美作・備中半国五十七万石余の大名にして五大老の一人。関ヶ原合戦で西軍に与したため、八丈島に配流され、そこで生涯を終える。若くして没落したこともあり、茶会記にその名を見ることは少なく、茶の湯に傾倒した形跡はない。

細川幽斎《ほそかわゆうさい》 天文三(一五三四)年～慶長一五(一六一〇)年

足利義輝・義昭、信長、秀吉、家康に仕えた当代屈指の文化人・大名茶人。茶の湯は武野紹鷗に学び、利休とは相弟子の関係。茶の湯は武士にとって欠くことのできないものと唱え、「知らぬは恥」とまで言い切った。

羽柴秀長《はしばひでなが》 天文九(一五四〇)年～天正一九(一五九一)年

秀吉の弟で大和郡山城主。秀吉の補佐役として、秀吉に意見のできた唯一の存在。穏やかな性格の人格者で調整能力に優れ、キリシタン大名や利休とも緊密な関係を築いていた。茶の湯や諸文化への造詣も深く、多くの名物を所持し、茶会への参加も多い。

徳川家康《とくがわいえやす》 天文一一(一五四二)年～元和二(一六一六)年

信長と秀吉同様、茶の湯を政治の道具として扱い、武家社会に浸透させる。二代将軍・秀忠と共に古田織部や小堀遠州を重用するが、名物の収集にはさほど熱心ではなく、茶会も侘を尊び、簡素を旨とした。

神谷宗湛《かみやそうたん》 天文二〇(一五五一)年～寛永一二(一六三五)年

博多の豪商にして茶人。貿易により巨万の富を築き、信長と秀吉に接近、秀吉の九州平定や文禄・慶長の役でも協力した。博多商人の筆頭として栄華を極め、詳細な茶会記録『宗湛日記』を残している。

細川忠興《ほそかわただおき》(三斎) 永禄六(一五六三)年～正保二(一六四五)年

細川幽斎の嫡男。信長・秀吉・家康に仕え、豊前小倉藩初代藩主、熊本藩藩祖となる。妻・ガラシャは明智光秀の娘。利休七哲の一人で、利休の茶風を忠実に継承したとされる。

蒲生氏郷《がもううじさと》 弘治二(一五五六)年～文禄四(一五九五)年

信長・秀吉に仕え、伊勢松ヶ島城主、会津若松城主を歴任。利休七哲の一人で、利休没後、秀吉の命で預かった千少庵を会津若松で庇護し、千家存続の恩人とされる。

プロローグ

――何もかも空しきことでございましたな。

今生《こんじょう》最後の点前《てまえ》の支度を始めながら、利休は心中で秀吉に語りかけた。

――私は殿下を恨みはしません。逆に私の命を奪っていただけることに感謝したいぐらいです。その謂《いい》が殿下にお分かりいただけますか。

外では雷鳴が轟《とどろ》き、稲妻が茶室の障子越しに光る。雨の音に混じって霰《あられ》が降っているのか、松籟《しょうらい》が常にない不穏な音を奏でていた。旅立ちの日にふさわしい室礼《しつらい》に、利休は満足した。

――こうして殿下と共に断崖《だんがい》から身を投げることは、私にとってこの上ない喜びです。

これまで感じたことのないほどの歓喜が、胸底から突き上げてきた。その心地よい感覚に浸りながら、利休は点前を始めた。

天正十九年（一五九一）二月二十八日、利休の聚楽《じゅらく》屋敷にある不審庵では、検使役の蒔田《まいた》淡路守、尼子《あまご》三郎左衛門、安威《あい》摂津守の三人が、殊勝な面持ちで利休の点前を見つめていた。

荒々しく仕上げられた尻張釜から沸き立つ湯の音が、いつになく耳に心地よい。

すでに身に染み込んだ手順で、流れるような点前を披露した利休は、茶筅《ちゃせん》の起こした渦がいまだ残る茶碗を蒔田の前に置いた。

利休が使ったのは、この頃、最も気に入っている黒楽の「禿《かぶろ》」だった。

馥郁《ふくいく》たる濃茶の香りが、四畳半の間に漂う。

「お先に頂戴いたします」

尼子と安威に軽く会釈した蒔田は、震える手で茶碗を持ち、神妙な面持ちのまま茶を喫した。

蒔田が茶碗を置くと、利休が問うた。

「お服加減はいかがですか」

「常と変わらず結構なお味でした」

二千石という中堅家臣ながら、蒔田は利休の高弟の一人で、秀吉と利休の間の取次役を務めていた。

利休が尼子と安威にも茶を振る舞うと、二人の緊張も幾分か解《ほぐ》れたようだ。

――茶によって荒ぶる心を鎮める、か。

かつて信長の言っていた言葉が、脳裏に浮かぶ。

――殿下、茶の湯によって心は鎮まりましたか。

利休は心中で秀吉に問うた。だが利休はその答えを知っていた。

「わしの欲心を鎮めれば、豊臣家の天下は失われる」

秀吉は己の欲を止められなかった。否、止めなかった。それこそが天下制覇の原動力だと思い込んでいたからだ。

――だが殿下は、己以外の者に野心や欲心を抱かせまいとした。それゆえ武士たちの荒ぶる心を鎮める何かが必要になった。しかし仏神にその力はない。だからこそ「別の何か」が必要だった。

当初、信長はその役割を耶蘇《ヤソ》教に負わそうとした。だがその背後に潜む野心を知り、距離を置いた。秀吉もそれを踏襲した。

――そして殿下は茶の湯とわしを見つけた。いや、わしが示したのだ。爾来《じらい》、殿下とわしは一心同体となった。

秀吉と利休は光と影だった。その両面がうまく機能したからこそ、天下を制すことができた。そしてその天下を維持するために、茶の湯はずっと必要だと思われた。

――だが光と影が互いの領域を侵そうとすれば、待っているのは破綻だけ。それが分かっていても、殿下とわしは破綻へと突き進まねばならなかった。

それでも利休の死によって、茶の湯は永劫《えいごう》の命を約束される。それとは逆に、豊臣政権は滅びへの一歩を踏み出すことになる。

「では、そろそろ旅立つといたしましょう」

「尊師――」

蒔田が感極まったように言う。

「これが最後になりますが、殿下に詫びを入れるおつもりはありませんか」

利休が無言のままうなずく。

「われら弟子一同の思いは一つ。何卒《なにとぞ》、ご翻意願えませんか」

「蒔田殿、お気遣いは心から感謝しております。ただ私は、死すべき時は今と心得ております」

無念そうに眉根を寄せると、蒔田が口を閉ざす。

利休は身をねじって床の間に手を伸ばすと、脇差の載せられた三方を自らの前に置いた。

「見苦しきものが飛ぶかもしれませんので、少しお下がり下さい」

四畳半の茶室では下がりようもないので、三人は形ばかりに身を引いた。

「尊師、書置（遺言書）などありましたら、ぜひお渡し下さい」

「書置はありませんが、遺偈《ゆいげ》を書きました。お目障りかと思いますが、どうかお収め下さい」

懐に手を入れた利休は、遺偈の書かれた折り紙を渡した。

人世七十《じんせいしちじゅう》　力囲希咄《りきいきとつ》
吾這寶剣《わがこのほうけん》　祖佛共殺《そぶつともにころす》
提る《ひっさぐ》我得《わがえ》具足《ぐそく》の一太刀《ひとつたち》
今此時《いまこのとき》ぞ天《てん》に抛つ《なげうつ》

「人生七十年。それは力張る一喝《みなぎ》にすぎず。わが手にあるこの宝剣で、祖仏（祖先）と共に殺そう。私の傍らにあり続けた具足と太刀一本を提げ、今この時こそ、（わが身を）天になげうつ」

――どのような道を歩んでこようと、人の足跡など一喝の下に消え去るほど空しいものだ。だからこそ、この身を天になげうってみせる。

利休は爽快な気分に包まれていた。

「しかと承《うけたまわ》りました」

折り紙を捧げ持って一礼した蒔田は、それを懐に収めた。

上掛けを脱いで白装束になった利休は脇差を持つと、しばしその刃の輝きに見入った。

一礼した蒔田が、ゆっくりと利休の背後に回る。

尼子と安威の緊張が空気を通して伝わってくる。

背後で蒔田が小太刀を構える気配がする。不審庵は四畳半なので、空間は狭く天井も低い。それゆえ蒔田は、小太刀を使うと決めていたようだ。

利休は首をひねると、蒔田に軽く一礼した。

「お役目ご苦労様です。では、そろそろお暇《いとま》させていただきます」

利休は脇差を構えると、目を閉じた。

――わしは茶の湯と共に永劫の命を得るのだ。

様々な思いが脳裏を駆けめぐる。

――いざ、行かん。天の彼方に。

「咄《とつ》！」

次の瞬間、腹に激痛が走った。

第一章

覇者

一

天正十年（一五八二）六月十日、堺《さかい》の今井宗久の屋敷には、沈鬱な空気が漂っていた。

宗久は腕を組んで黙りこくり、津田宗及《そうぎゅう》も深刻な面持ちで瞑目している。

京から届いたばかりの書状の一つを宗易（後の利休）が閉じる。

「もはや右府様ご落命は間違いないかと――」

右府様とは、かつて右大臣に任官していた信長のことだ。すでにその職は辞していたが、大半の者は信長のことを右府様と呼ぶ。

宗久がうなずくと言った。

「われらの手の者が、そろって右府様の死を伝えてきたのだ。まずもって間違いあるまい」

三人の真ん中には、信長の死を伝える書状が並べられている。

「これからは、その措定（前提）で話していきましょう」

二人は宗易より少し年上なので、宗易は丁寧な言葉を使う。

「三位中将《さんみのちゆうじよう》殿も討ち死にしたようです」

三位中将とは信長の嫡男で、すでに織田家の家督を継いでいる信忠のことだ。

「右府様と三位中将殿がお亡くなりになったということは、われらのやってきたことが水泡に帰したということだ」

宗及が天を仰ぐと、宗久が渋い顔で付け加えた。

「しかも右府様は、安土から『九十九髪茄子《つくもなす》』『珠光小茄子《じゆこうこなすび》』『勢高肩衝《せいたかかたつき》』といった名物の茶入、また玉澗《ぎよくかん》や牧谿《もつけい》の筆になる表具を本能寺に集め、公家や博多商人を相手に大寄せ（大人数で行う茶事）を催すつもりだったという」

信長は「東山御物《ごもつ》」をはじめとする名物の収集に熱心で、本能寺に滞在したのは、それらを公家や博多商人に披露するためだった。安土から本能寺に運び込まれた名物は三十八にも上った。

「東山御物」とは、室町幕府八代将軍・足利義政が主となって集めた唐渡《からわた》りの「大名物」と呼ばれるもので、唐絵、墨蹟、漆器、香炉、花入、茶盞《ちやさん》、茶壺、茶入など多岐にわたる。

また、この大寄せに堺衆を呼ばなかったのは、同日に堺を訪れていた徳川家康の饗応《きょうおう》を任せていたからで、すでに家康一行は堺を後にしていた。

「それらの大名物が、すべて灰燼《かいじん》に帰したということか」

宗及が天を仰ぐと、宗久が答える。

「それは致し方ない。大切なのは、向後《こうご》われらがどうするかだ」

宗易が一つの書状を見ながら言う。

「備中高松城を囲んでいた羽柴秀吉様が姫路城まで戻られたとのこと。おそらく弔い合戦を周囲に呼び掛け、謀反人の明智光秀を討つつもりでしょう」

「で、どちらが勝つ」

宗及の問いに宗久が答える。

「謀反人に勝ち目はあるまい」

「ということは羽柴様が勝ち、次男の信雄《のぶかつ》様か三男の信孝様を押し立てていくということか」

宗易が首を左右に振る。

「それは分かりません。羽柴様は欲深きお方。己の手で明智を屠《ほふ》れば、ゆくゆくは天下を簒奪《さんだつ》することも考えられます」

「まさか」と言って、宗久と宗及が顔を見合わせる。

「少なくとも信雄様でも信孝様でも、天下は治まりますまい」

宗久が渋い顔をする。

「北陸道には柴田勝家様率いる四万の精鋭がいる。天下の帰趨《きすう》は定まっておらん」

宗及が確かめる。

「つまり次なる織田家の当主に誰が就こうと、羽柴様と柴田様の勝った方が執政の座に就き、天下を牛耳るというわけか」

それには宗易が答える。

「いや、天下人になり得るお方が、もう一人おります」

「それは誰だ」

「三河様」

三河様とは徳川家康のことだ。

「ああ、あの御仁がいたな」

「しかしながら三河様が、織田家の内訌《ないこう》に首を突っ込むかどうかは分かりません」

「いずれにせよ」と、宗久がため息をつきつつ言う。

「われらは次なる天下人の懐に入り込み、これまで同様、うまく操らねばならん」

宗易が言う。

「仰せの通り。しかし明智に勝ち目はなく、三河様には重代相恩の家臣団が付いておるので何かと厄介《やっかい》。柴田様にも心を一《いっ》にした寄騎《よりき》や家臣がおります。しかし羽柴様は出頭を遂げたばかりで、ろくに家臣もおらぬゆえ、われらを頼ってくるでしょう。つまり羽柴様は、銭の力で家臣の手薄さを補わねばならぬのです」

宗及が問う。

「つまりわれらの力で、羽柴様に天下を取らせるというのだな」

宗易がうなずきつつ言う。

「まずは尼崎に出向き、羽柴様を出迎えます。お二人は堺衆から金銀をお集め下さい。おそらく羽柴様は姫路城の金蔵を開けて大盤振る舞いしておるはず。つまり羽柴様勝利のあかつきに献金すれば、堺の覚えはめでたいはず」

「さすがだな」と言って宗久が感心したが、宗及は腕組みしたまま言った。

「厄介なのはそれからだ。これで名物の大半は灰燼に帰した。しかも逸品ばかりだ。

右府様同様、次なる天下人に『東山御物』の収集を勧めても、肝心の名物がなくてはどうにもならん」

それは宗易も危惧していることだった。

「仰せの通り、名物がなければ、茶の湯によって武士たちの荒ぶる心を鎮め、この世から戦乱をなくすというわれらの思いも頓挫します」

茶の湯は茶室という別世界で、身分などの世俗的なものを忘れて一時的な遁世《とんせい》を図り、一視同仁《いっしどうじん》（平等）、一味同心《いちみどうしん》（心を一つにする）、一期一会《いちごいちえ》（一度限り）、一座建立《いちざこんりゅう》（最高のもてなし）といった概念を実現するものだ。しかしそうした概念には形がなく、武士たちには分かりにくい。そこで名物茶道具によって茶の湯の精神性を代弁させようというのが、信長の狙いだった。

「では、これからどうする」

宗久の問いに、宗易が答える。

「それには一考を要します。しばしのご猶予を」

「知恵者のそなたなら、何か考えつくかもしれんな」

そう言うと宗及が座を立った。それを機に三人の話し合いは終わり、宗易は今井屋敷を後にした。

さすがの宗易も、信長の横死には気落ちした。というのもこれまで信長は、堺衆の望むまま統一へと邁進していたからだ。不安ばかりが頭をもたげる。

――再び戦乱の世に戻ってしまうのか。

そうなれば諸大名は再び国境に関を設け、関税《せきぜい》を取り始める。つまり経費が掛かりすぎて、商品を遠隔地へと運ぶことが割に合わなくなる。

――それだけは何としても避けねばならない。

宗易は、信長に初めて会った日に思いを馳せていた。

――あれは永禄十二年（一五六九）一月のことだったか。

前年九月、足利義昭を奉じて上洛を果たした信長は、堺に矢銭《やせん》（軍資金）二万貫を要求した。

堺の自治組織である会合衆《えごう》の大半は拒否しようと言ったが、今井宗久だけは、「矢銭を出さなければ堺は火の海にされる」と力説して話をまとめた。

一貫文は現在価値の十万円相当なので（諸説あり）、二万貫文は二十億円となり、商都堺の屋台骨が揺らぐほどの額だった。

話がまとまると、信長は兵を率いて堺の町にやってきた。堺は海に面した西を除く三方を堀と土塁で囲まれた環濠となっているので、まさに降伏した城に乗り込んできた感があった。

ところが信長の第一声は、「堺の茶を喫したい」だった。

伊勢湾交易網を掌握し、一代で財を築いた信長の父の信秀は、その短い晩年に風流心を起こし、「東山御物」とそれに連なる高価な茶道具を買い集めた。それを幼い頃から目にしていた信長は、自然と茶道具に関心を持ち、居城だった小牧城や岐阜城でも茶会を開くほど茶の湯に執心《しゅうしん》していた。

こうした信長の嗜好《しこう》を知った傘下国人の松永久秀は、茶入の「九十九髪茄子」を、今井宗久は茶壺の「松嶋」と茶入の「紹鷗茄子《じょうおう》」を、それぞれ献上した。

信長の要望に応じて茶会の座が設けられ、宗久が茶を点《た》てた。床几《しょうぎ》に腰掛けて茶を喫する信長を前にして、三十六人の会合衆が次々と挨拶していく。

信長は中肉中背で、肌の色は白く、その声も女性のように甲高い。だがその切長の目は、この世のすべてを見透かしているかのように鋭かった。

――このお方が次なる天下人になるのか。

足利家の血筋に連なる新将軍・義昭を推戴することで上洛の大義を得た信長だが、今後、義昭の執政の立場に甘んじるのか、それとも自らの力によって織田幕府を開くつもりなのかは分からない。

やがて、宗易が挨拶する番になった。

「千宗易、またの名を魚屋田中与四郎と申します」

「と、と、や、とな」

「はい。今は納屋（倉庫業）を営んでおりますが、かつては魚の干物や塩物を扱っていたことから、祖父が屋号を魚屋と付けました」

「そうか。そなたは茶の湯の宗匠だと聞くが」

信長は一商人にすぎない宗易のことを知っていた。

「はい。宗久殿や宗及殿と違って不調法ですが、堺では末席にて茶筅を回しております」

信長が相好を崩す。

「茶筅を回すか。面白い言い方だな。宗久によると、そなたは茶の湯の事情に通じているというが」

「事情に通じているとは、どのような謂で」

「どこの誰がどの名物を持っているか、そなたに聞けば何でも分かると聞いたぞ」

――つまりこの男は、名物を集めようとしておるのか。その片棒を担がされるのはご免だ。

宗易の直感が警鐘を鳴らす。

「私が知っているのは、ごく一部です」

「それでよい。風聞《ふうぶん》や雑説《ぞうせつ》（情報）は集めるもので、やってくるものではない。名物を求めていれば、自然と集まることもある」

信長は情報を集める方法をよく心得ていた。

「後でわが宿に出頭しろ。茶の湯の話がしたい」

「承知しました」と答えて信長の前を辞そうとすると、背後から声が掛かった。

「知らぬ存ぜぬなどという話は聞きたくない。わが前に出るなら、そなたの知っていることを、あらいざらい話せ。そうだ。来る前に書付《かきつけ》にまとめておけ」

――これは容易ならざることになった。

噂《うわさ》には聞いていたが、信長は一筋縄ではいかない男だった。

——このお方の狙いはどこにあるのか。

単に自らの趣味のために、信長が名物を集めるとは思えない。そこに何らかの深慮遠謀があるのは間違いない。しかしそれが何なのかは、まだ分からない。


堺での信長の宿所は宗久の本屋敷だ。宗久はこの日があるのを期し、屋敷内の家具や調度類を刷新し、自らは別宅に移るほどの力の入れようだった。

宗久の茶室に案内された宗易に、取次役が「上様が茶をご所望です」と告げた。

この時代、書院などで茶道具を台子《だいす》と呼ばれる棚に飾り、唐物天目で濃茶を喫するという「書院・台子の茶」が主流だった。

これに対し、村田珠光（単に珠光とも）が編み出した「侘数寄《わびすき》」、すなわち後に「侘茶《わびちゃ》」と呼ばれる様式が流行りつつあった。

ちなみに「書院・台子の茶」は目利きを主眼とし、「侘数寄」は作意に重きが置かれている。作意は作分とも呼ばれ、茶の湯における創意工夫のことだ。

茶の湯は、この二つの系統に分かれて発展していくが、やがて宗易により、「侘数寄」が「侘茶」として大成し、「書院・台子の茶」を圧倒していく。

水屋に回って点前の支度をしていると、渡り廊を大股でやってくる足音がした。道具を置き合わせ、湯相を整え終えた宗易が亭主の座に着く。すると突然、「入る」という声がして襖《ふすま》が開いた。

平伏する宗易を尻目に、信長は無言で正客の座に着く。

「では」と言って座に戻った宗易は、改めて釜を上げて炭を熾《おこ》し、香を炉にくべた。たちまち芳香が広い書院に漂う。

畳まれた帛紗《ふくさ》を開き、いよいよ点前が始まる。流れるような手つきで、宗易は台子点前を見せた。

それを信長の視線が追っている。

点前の美しさは誰にも引けを取らない宗易だが、値踏みするような信長の視線に嫌悪を覚えた。

――何かを品定めするような目だ。

信長に気取られないよう、宗易は慎重にぎこちなさを演出した。茶入から茶杓《ちゃしゃく》で茶葉をすくう時、わずかに畳にこぼすことまでした。

「お待たせしました」と言って、信長の前に茶碗を置く。

「そなたの点前は下手ではないが、宗久と宗及には及ばない」

すでに信長はこの日、二人を呼んで点前を見ていたらしい。

「堺では並ぶ者なき名人と聞いていたが、さほどでもないな」

信長の物言いは率直だ。

「不調法ゆえ、お目を汚してしまい、お詫びの申し上げようもありません」

「はて、宗久や宗及が口を極めて褒めそやすそなたの点前が、かような程度というのは不可解だ。まさかそなた——」

信長が疑い深そうな視線を向ける。

「わざとやったのではあるまいな」

「滅相もない」

背筋を冷や汗が伝う。

「上様を前にして、手が縮こまったのです」

「まあ、よい。点前は心のありようを映すと聞くが、まさにその通りということだな。いつの日か、そなた本来の点前を存分に見たいものだ」

心中に安堵《あんど》感が広がる。

茶碗を手に取った信長は作法通りに茶を喫した。

「うまい。たとえ目分量でも、茶葉と湯の量を完全に把握した者が点てる茶だ」

「ありがたきお言葉」

「そなたは何を見ている」

信長が唐突に問う。

「何を見ている、と仰せになられても――」

「どうやら、そなたにだけ見えるものがあるようだな」

「どうして、さように思われるのですか」

「そなたは道具を見ようとしないからだ」

――わしの視線を追っていたのか。

宗易が愕然《がくぜん》とする。

「真の目利きは見ない。心の目が見ているからだ」

「それは――」

確かに宗易は、信長が茶事に用意した名物を見ていなかった。厳密に言うと、視線が吸い寄せられることはなかった。なぜかと言えば「名物は心眼で見る」、すなわち手触りだけで、その値打ちが分かるからだ。

宗易の祖父の田中千阿弥《せんなみ》は、室町幕府八代将軍・義政の同朋《どうぼう》として唐物奉行を務めていた。この仕事は「東山御物」の管理と買い入れに関するもので、それなりの目利きでないと務まらない。宗易も幼い頃から祖父の指導を受け、青年期には堺でも有数の目利きになっていた。

「どうやら、道具に目が利くというのは本当のようだな」

「恐れ入ります」

「そなたを、わが茶頭とする」

予想もしなかった言葉に、宗易は慌てた。

「お待ち下さい。私は別の生業《なりわい》を持っております」

「宗久と宗及は受けたぞ」

――それならば廻り番だ。断るわけにはいかない。

廻り番なら、信長の近くに誰か一人が詰めていれば事足りる。

宗易は覚悟を決めた。

「分かりました。謹んで拝命いたします」

「それがよい」

信長は、さも当然のような顔で茶を喫している。

「うまかった」

信長が空になった茶碗を置くと言った。

「これから堺には政所《まんどころ》（奉行所）を置く」

「えっ、堺は地下請《じげう》け（自治）の地として、足利将軍家からもお墨付きを拝領しておりまする」

「気に入らぬか」

「いいえ。さようなことではありませんが――」

宗易は慌てて前言を否定した。

「政所執事（奉行）には松井友閑《まついゆうかん》という男を据える。そこでだ――」

信長が立ち上がりながら言う。

「その友閑と、わが手の者の丹羽《にわ》五郎左（長秀）に名物の買い付けをさせる。そなたは目利きと聞くので、名物に値を付け、所有者が不満を抱かぬようなだめてくれ。これは、そなたでないと務まらぬ仕事だ。よいな」

「はっ」と言って宗易が平伏すると、信長は笑みを浮かべて言った。

「初めて『天下三宗匠』を招いた折、わしが床の間に雁《かり》の絵を掛けておいたのを覚えているか」

「あっ、はい——」

宗易は、その時のことをありありと思い出した。

「宗久と宗及の二人は雁の絵を褒め、『さすが牧谿』と言った。だが、そなたは何も言わなかった」

「あれは、牧谿ではなかったからです」

「よく見抜いたな。いかにもあれは偽物だ。それが分かっていながら、そなたは何も言わなかった」

「申し訳ありません」

「いや、何も言わなかったからよいのだ。偽物を摑《つか》まされた持ち主にそれを告げれば、持ち主は気分を害する。その後の茶事も気まずいものになる。しかも見抜けなかった二人が恥をかくことになる」

「仰せの通りです」

宗易は信長の洞察力に舌を巻いた。

「わしは目利きがほしいだけでなく、そうした配慮のできる者を必要としている。そなたこそ、わしの目利きに適任だ」

「恐れ入りました」

——このお方は尋常ではない。このお方がこれから作り出す渦も、尋常な大きさではないはずだ。

信長の作り出す渦は、堺も宗易も容赦なくのみ込んでいくような気がした。

——そこからは逃れられぬ。だとしたら渦の中心に飛び込むしかないのか。

宗易は腹を決めねばならないと思った。

——それにしてもこのお方は、なぜそれほど名物に執心する。

宗易は、どうしてもそのことが知りたかった。

「ときに上様、名物を買い上げる宛所《あてどころ》（目的）はいずこに」

襖に手を掛けて出ていこうとしていた信長が振り向く。

「聞きたいか」

「はっ」

「そのうち教えてやる」

そう言い残すと、信長は来た時と同じように大股で去っていった。

二

天正十年（一五八二）六月十三日、備中国の高松城包囲陣から五十里余（約二百キロメートル）の道を五日半ほどで戻ってきた秀吉は、摂津国と山城国の境にある山崎《やまざき》の地で、謀反人の明智光秀を討った。世に言う山崎の戦いである。

光秀は本拠の坂本城へと落ちていく途次、土民の槍に掛かって落命した。

この戦いで総大将を務めたのは、信長三男の信孝だった。だが誰の目から見ても、この勝利は秀吉あってのものであり、秀吉が次の天下人となるのではないかと噂し合った。

その後、清須会議で、それまでの本拠の長浜城を柴田勝家に明け渡した秀吉は、勝利の地・山崎に、新たな本拠として宝寺城《たからでらじよう》を築いた。

その宝寺城で行われた戦勝祝賀の茶会に、宗易ら「天下三宗匠」と山上宗二《やまのうえそうじ》が招かれたのは、山崎の戦いからおおよそ五カ月後の十一月七日のことだった。

「おお、皆そろっておるな」

秀吉が足取りも軽く現れると、宗易、宗久、宗及、山上宗二の四人が平伏した。

早速、四人を代表して宗久が祝辞を述べる。

「此度は謀反人・明智光秀を討滅したこと、まことにもって祝着至極。これにより宸襟《しんきん》を安んじ賜ることは必定で――」

なおも祝辞を述べようとする宗久を、秀吉が扇子で制する。

「堅苦しい前口上は要らん」

「ははっ」と言って四人が平伏する。

「どうだ。この茶室は」

宗及がすかさず答える。

「この世に二つとないほど見事なものかと」

「世辞は要らん。出来はよいが面白みはないだろう」

秀吉が周囲を見回しながら言う。

確かに武野紹鷗風の四畳半茶室だが、流布されている紹鷗茶室をそのまま写し取ったただけで、作意らしきものは見当たらない。

「まだ城の普請（土木工事）が半ばなのでこんなものだが、そのうち風情ある数寄屋風の茶室を設《しつら》えるつもりだ」

「どのようなものをお望みで」

宗久がおずおずと問う。

「新奇なものだな」

宗久と宗及が顔を見合わせる。

「それは、いかなる趣向でしょう」

「そうさな」と言いつつ、秀吉は顎に手を当て考え込んだ。

――とくに考えがあるわけではないのだ。

宗易はそう見抜いたが、相手は秀吉なのだ。どんな突飛なことを言い出すか分からない。

「総見院《そうけんいん》様の時代にはなかった新しき趣向を凝らしたい」

総見院様とは信長の法名「総見院殿贈大相国一品泰巌尊儀《でんぞうだいしょうこくいっぽんたいげんそんぎ》」を略したもので、信長は死後、そう呼ばれるようになった。

――羽柴様は、総見院様の時代を消し去る作業を始めているのだな。

それが茶室にまで及ぶということは、秀吉の並々ならぬ決意が感じられる。

――つまり総見院様の遺児（信雄か信孝）か孫（三法師）を奉じて、新政権を輔《ほ》弼《ひつ》するのではなく、自らが天下人になるということか。

宗易は秀吉の真意を読み取った。

「で、誰が縄張りする」

縄張りとは設計のことだ。

宗久や宗及と競い合うつもりはないが、次なる天下人となるかもしれない秀吉を思う方向に誘導していくには、自らが頭角を現さねばならない。

「よろしければ、私が――」

「ああ、宗易がやってくれるか」

秀吉が笑みを浮かべると、宗久がすぐに追従《ついしょう》した。

「茶室の設えで宗易殿に敵う者はおりません。羽柴様の門出を祝う茶室を造らせるには適任かと」

宗及もすかさず付け加える。

「宗易殿は、われらと違って独自の考えをお持ちですから、面白き茶室ができると思います」

「そうか。楽しみにしておるぞ」と言うや秀吉が話を転じる。

「ときに、こうして『天下三宗匠』をわが茶頭に迎えることになったが――」

――そんなことは聞いていない。

だが誰も否とは言えない。

「これまで、わしの宗匠を務めてもらってきた宗二だが――」

四人の間に緊張が走る。というのも信長から指名されて秀吉の茶頭になった宗二は、秀吉との相性が悪く、これまで一度は職を辞すことを願い出、一度は勝手に堺に戻ってしまったことがある。それでも師匠の宗易のとりなしで宗匠の座に戻っていたが、相変わらず折り合いは悪いらしい。

「これを機に、わしの許《もと》から去ってもよいぞ」

その言葉を聞いた宗二は、無言で平伏した。

「どうだ。うれしいか、宗二」

「――」

「そなたはわしを嫌っていた。そうだな、宗二」

それでも宗二は無言を通した。四畳半の茶室の中に氷のような緊張が漂う。

「だがな、わしが宗二を堺に帰すと言ったら、わが弟の小一郎が、『それなら、わが茶頭に迎えたい』と申すのだ。わしは『物好きにもほどがある』と言ったが、小一郎は『それでも構いません』と返してきた」

小一郎とは、秀吉の腹違いの弟の秀長のことだ。

「堺に帰るも、小一郎の茶頭になるも、そなたの勝手だ。好きにせい」

それでも宗二は、唇を真一文字に結んで何も言わない。

宗易は出番が来たことを察した。

「宗二、羽柴様に返事をせい」

「――」

それでも返事をしない宗二を、秀吉が揶揄《やゆ》する。

「師匠の問い掛けにも答えぬとはな。此奴はよほどの頑固者だ。思えばわしとの茶事の時も、問われたこと以外は一切答えず、黙って茶を点てておったわ。つまらぬ茶事だったが、総見院様の指名ゆえ、わしは任を解くこともできず下手な点前を見ておった」

思えば宗易も、この二十二歳も年下の弟子には手を焼いてきた。

天文十三年（一五四四）、山上宗二は、薩摩屋という商家の嫡男として生まれた。子供の頃から暴れ者として名を馳せ、その荒ぶる心を鎮めるために、父親は半俗の沙弥《しゃみ》として寺に通わせた。だが宗二は持ち前の頭のよさを発揮し、十六歳の時、宗論《しゅう ろん》で住持をやりこめて寺を放り出された。そこで父親は、理屈だけでは語れない茶の湯に親しませるべく、宗易に預かってもらうよう頼み込んだ。

初めて宗二を見た時、宗易はその猛《たけ》き心の中にある才を見抜いた。それでも何度か断り、宗二が自ら弟子入りしたいと言うのを待った。一年後、宗二は頭《こうべ》を垂れて弟子入りを願った。

「何も言わぬでは、そなたの気持ちが分からぬ」

秀吉が不機嫌そうに言う。

「宗二、たいがいにしろ」

宗易が怒りをあらわにして言うと、ようやく宗二は膝を秀吉の方にねじった。

「小一郎様のお申し出、謹んでお受けいたします」

「そうか。それでよい。小一郎もさぞや喜ぶであろう。そなたも小一郎となら相性がよさそうだ」

小一郎こと秀長は温厚篤実な人物として知られ、その人柄を慕う者は多い。

それまで黙って事の推移を見極めていた宗久が口を開く。

「では、われら三人は、総見院様の頃と同じく廻り番で、ここに詰めればよろしいですな」

「ああ、そうしろ。だが新しい茶室ができるまでは、宗易が詰めろ。長くても半年だ。宗久と宗及は、茶会の時だけここに来ればよい」

宗久と宗及が平伏する。

「むろん宗易、茶室には新しい趣向を凝らすのだぞ」

「承りました」

「それから宗二よ」

秀吉が凄味のある声音で言う。

「わが弟を虚仮《こけ》にしたら、わしが許さぬぞ。それだけは心得ておけ」

「はい」

「では、茶の湯を楽しむとするか。誰が点前をする」

宗久が「それでは、私が——」と言おうとした時、それにかぶせるような野太い声がした。

「ぜひ、それがしに」

宗二である。

「そうだな。これが惜別の茶事となるからな」

秀吉が手を叩《たた》くと、次の間に控えていた同朋が、台子を運び込んできた。

秀吉に聞かれないよう、宗易が宗二に耳打ちする。

「粗相のないようにな」

「心得ております」

その後、茶事が宗二の点前で行われた。宗二は大過なく点前を済ませ、最後には秀吉から称賛の言葉をもらった。

三

永禄十二年（一五六九）二月、堺は信長に矢銭を払う代わりに、その庇護下に入ることを了承した。

これにより信長は佐久間信盛や柴田勝家ら九人の上使を堺に下向させ、堺を実質的な占領下に置いた。上使一行を迎えた宗久と宗及らは、大寄せを催して佐久間らを歓待した。

一方、宗易は裏方に回って、後に「名物狩り」と呼ばれることになる信長の名物買い付けを手伝っていた。宗易の仕事は名物と呼ばれる茶道具に値を付け、それを松井友閑と丹羽長秀に告げることだ。

だが事は、そう容易には運ばない。

いまだ信長を「将軍の代官」程度にしか思っていない者は多く、引き取り値を告げても首を縦に振らないのだ。それでも情報に敏感な商人たちは比較的素直に従い、中には「代金などいただけません」と言って、名物を献上する者までいた。

問題は寺の住持だった。住持にも茶の湯数寄はいる。というのも元々、茶の湯は入宋した栄西《えいさい》によって十二世紀の後半に伝えられ、禅寺から伝播していったので、その伝統が脈々と受け継がれているからだ。

彼らは檀家《だんか》の寄進した資金に物を言わせ、「東山御物」などの名物を買い付けていた。とくに寺院の装飾にもなる床飾りや脇道具（書画の掛軸や花入など）を持っている寺は多く、彼らを説得して譲らせるのは至難の業だった。

どうしても話のまとまらない時は、友閑や長秀と共に宗易が寺に赴くこともあった。中には足元を見て吹っ掛けてくる欲深い住持もいたが、宗易は同等の書画の相場を説いて納得させた。それでも頑として譲らない住持には、堺衆からの寄進という名目で、裏に回って主幣《けいへい》（賄賂）を渡すなどした。

そうした努力の甲斐あって、信長の許に名物が集まり始めていた。

そんな最中の同年八月上旬、宗易は妙覚寺にいる信長から呼び出しを受けた。

「久方ぶりだな」

小姓を従えて信長が方丈に入ってきた。室内の空気が張り詰める。

一段高い座に着いた信長は、以前にも増して威厳に溢《あふ》れているように感じられた。

「ご無沙汰しておりました」

宗易が深く頭を垂れる。

「そなたの仕事ぶりは友閑や五郎左から聞いておる。相当の手腕らしいな」

「いえいえ、それもこれも上様の御威光あってのもの」

「その御威光とやらをひけらかさずに、そなたは頑固者どもに、うまく申し聞かせておるそうだな」

――この御仁の目は節穴ではない。

信長は詳しく報告を受けていた。

「わしの見込んだ通り、そなたは器用者だ」

器用者とは何事にも精通しており、難しい仕事でも、うまくやりおおせる者のことだ。

「ありがたきお言葉」

信長が背後に控える小姓に視線を向ける。小姓は飛ぶように次の間に消えると、三方に載せたものを重そうに運んできた。

「これは、わしが鋳造した銀子だ。褒美に取らそう」

眼前に円錐《えんすい》状に重ねられた銀子の山があった。優に米百石は買える量だ。

「いや、それほどのことはしておりません」

むろん宗易とて人だ。商人なので欲もある。だが、こうしたものは過去の功に対して下されるだけでなく、将来の活躍への期待も含まれているのだ。

「これは褒美だ。他意はない」

躊躇《ちゅうちょ》する宗易の心中を見透かしたかのように、信長が言う。

「それでは、ありがたく頂戴いたします」

さらに遠慮をすれば、信長が不機嫌になるのは明らかだった。

「それでよい」と言って信長が笑う。

その冷たい笑いが胸底にまで染み通る。

「今日は、わしの真意をそなたに語ろうと思うて呼んだ」

「いったい何のことで――」

「以前、そなたは『名物を買い上げる宛所はいずこに』と問うたな」

「は、はい」

つまらぬ好奇心から余計なことを聞いてしまったことを、宗易は後悔した。

「今、それを教えてやろう」

信長は立ち上がると、床の間に飾ってあった「初花肩衝」を手に取った。

二月に入手して以来、信長は、どこに行くにもこの肩衝を携行するほどの気に入りようだと聞いていた。

「初花肩衝」を持って座に戻った信長は、無造作にそれを投げた。

「あっ」

「初花肩衝」は宗易の目の前まで転がると、弧を描くようにして止まった。もちろん畳の上なので割れはしないが、その扱いに宗易は意表を突かれた。

「わしにとって茶碗など、茶を喫する器以上の値打ちはない」

「では、なぜ茶道具を集めるのですか」

「わしは、茶の湯によって天下を統《す》べようと思うておるからだ」

「それは、いかなる謂で」

「茶事の開催、つまり茶の湯張行《ちょうぎょう》を認可制にし、また功を挙げた者には、褒美として名物茶道具を下賜するのだ」

「功を挙げた者たちへの褒美を、土地や金銀ではなく茶道具にすると仰せか」

唖然として問い返す宗易に、信長は薄ら笑いを浮かべて答えた。

「そうだ。土地には限りがあるからな」

——この男は何を考えているのだ。

宗易には、信長の言っている意味が理解できない。

「分からぬか」

「はい。分かりません。武士にとって土地は何物にも代え難いはず」

「それを変えていくのだ」

信長が、さも当然のように言う。

「茶の湯を流行《はや》らせ、道具の値打ちを高めれば、皆はこぞってそれをほしがる」

「あっ」

「分かったか。皆の思い込み（固定観念）を変えていくのだ」

「それを主導するのが、茶の湯だと仰せなのですね」

「そうだ。これからは茶の湯がこの世を支配する。その大事業を手伝うのが、そなたら堺衆というわけだ」

——とんでもないことになった。

その先に待つものが何かは分からない。だが、この世の価値がひっくり返るようなことを、信長が行おうとしていることだけは間違いない。

「そのためには、この世の武士という武士を茶の湯に狂奔させねばならぬ」

「なぜ茶の湯なのですか」

「茶の湯は、武士たちの荒ぶる心を鎮められるからだ」

――そういうことか。

宗易は信長の深慮遠謀に舌を巻いた。

茶の湯に近い芸道でも、書画骨董は見るだけで作法がない。生け花に作法はあるが、価値を生み出せるものは花入しかない。それに対して茶の湯には、緻密な作法と多彩な茶道具がある。

――しかも茶道具は「見立て」によって、いかようにも高い値が付けられる。

「だが荒ぶる心を鎮めるのは、わが天下が成った後でよい。まだ配下の者どもには欲心を持ってもらわねばならぬからな」

「つまり上様の天下が定まった後、武士たちの荒ぶる心を鎮めるために、茶の湯を敷衍《ふえん》させていくと仰せなのですね」

「そうだ。わしが天下を取って後は、何人《なんぴと》たりともわが血筋に弓を引けぬようにする。つまり武士たちの心を飼いならし、下剋上なき世を作るのだ」

「恐れ入りました」

――かような男でなければ、天下は取れない。

宗易は信長の底知れなさを畏怖した。

「だが、わしには権勢（権力）はあっても、威権（権威）はない。それゆえ、そなたが威権を司れ。それによって名物の値打ちを一国、二国と同等に、いや、それ以上のものにしていくのだ」

「はっ、はい」

下が上を覆す下剋上の時代にあっては、こうした価値の転換が起こってもおかしくはない。だが信長が、いかにしてそうした発想に行き着いたかは分からない。

「わしは南蛮人から教えられた」

宗易の心中を見透かしたかのように、信長が言う。

信長によると、天下制覇の過程で功を挙げた者たちに報いる土地がなくなることは、以前から気づいていた。それをいかに解決するか、信長は知恵を絞った。だが、なかなかいい方策は浮かばない。

ところがある時、かつて来日したザビエルという宣教師の弟子で、日本にとどまっていたフェルナンデスという修道士から、「西洋の王は、功を挙げた騎士たちへの褒美に絵画や彫刻を下賜します」と聞いた。さらに「王にとって、その威権を具現化する絵師や彫刻家はなくてはならない存在です」と教えられたことで、自分もそれに倣《なら》うことにしたのだという。

「それを聞いた時、わしは膝を打った。だが、それをまねるだけでは面白くない。わしは茶道具に値打ちを見出すだけでなく、茶の湯という一つの芸道として、大きく広げていこうと思うておるのだ」

――そうか。道具を下賜するだけでは、それで終わりだ。有徳人《うとくにん》（金持ち）だけの嗜《たしな》みだった茶の湯を、武士の間に流行らせることで、より大きな渦を生もうというのだ。

「だが厄介なことに、名物には限りがある」

信長の顔が曇る。

――確かに「東山御物」や唐渡りの名物の数は、さほど多くはない。

「それでもわしは堺を手にした。向後は多くの船を朝鮮や唐土《もろこし》に送り、名物をかき集める」

「なるほど。それで上洛するや真っ先に堺を――」

「ようやく分かったか」

「はい。得心しました」

「では、そなたにわが代官が務まるか。つまりわが政権の威権を担えるか」

宗易は堺の一商人かつ一茶人として生涯を送るつもりでいた。それぞれの道で一流にはなりたいと思っていたが、それ以上の野望はなかった。だが運命は、宗易を「一商人かつ一茶人」で終わらせようとはしていないようだ。

「いわば――」

信長が宗易に鋭い眼光を注ぐ。

「そなたには、わしの影になってほしいのだ」

「影、と仰せか」

「そうだ。そなたは影となれ。わしが光でそなたが影だ。つまり二人で天下を分け合うことになる」

――何たることか。

宗易の眼前に突然、道が開けてきた。だが堺衆の中で、自分ばかりが頭角を現すわけにはいかない。

「しかし上様の茶頭には、今井殿と津田殿もおられます」

「ああ、あの二人には表の仕事を担ってもらう。つまり、茶事を通じての雑説の収集と周旋《しゅうせん》だ。また宗久には交易の振興を、宗及には玉薬の原料となる焔硝《えんしょう》の入手を担ってもらう」

——そういうことか。

自らの家臣が交易や流通に詳しくないことを、信長は十分にわきまえており、その部分を堺衆に代行させようというのだ。

「もはや戦など、わしにはどうでもよい。戦をせずに天下を平らげること、すなわち戦乱のなき世を実現できれば、それに越したことはない」

信長の期待に応えていくのは、容易なことではない。だが宗易には、この世を静謐に導き堺の町を繁栄させる、すなわち国内の隅々まで、堺の商品を行き渡らせるという念願がある。

「力の及ぶ限り、ご意向に沿うようにいたします」

平伏する宗易の頭上に、信長のせせら笑いが降り掛かる。

「力の及ぶ限りだと。わしの家臣で、そんなことを言う者はおらん。わしにとって大切なのは、一生懸命やったかどうかではなく作物《なりもの》（成果）なのだ」

「恐れ入りました」

宗易が額を畳に擦り付ける。

「わしの意のままに事が運ばぬ時は――」

信長が再び酷薄そうな笑みを浮かべる。

「それなりの覚悟をしてもらう」

「覚悟とは、いかなることで」

「さてな。そなたらの首を刎《は》ねるか、堺を火の海にするか」

――われらは好き好んで、そなたのために働くわけではない。

そうは思うものの、信長の言葉に抗《あらが》うわけにはいかない。

もはや堺と堺衆は信長の作り出した渦の中に身を投じてしまっており、そこから抜け出すことなどできないのだ。

――いや、待てよ。

その時、宗易は気づいた。

——信長の目指すもの、すなわち「戦乱のなき世」は、堺の目指すものと一致する。つまり操られているように見せかけて操ればよいのだ。

それに気づいた時、宗易の胸底から自信がわいてきた。

「承知しました。上様のために必ずや——」

宗易は一拍置くと、思い切るように言った。

「ご意向に沿うようにいたします」

「それでよい」

信長の高笑いが方丈に響きわたる。それを宗易は冷めた心で聞いていた。

以後、宗易は信長の影となった。

信長が天下平定戦の合間に行った茶事にも幾度となく呼ばれ、その流れるような点前を披露した。そうしたことを繰り返すことによって、家臣の間に茶の湯が広まっていった。

信長の目指す「御茶湯御政道」は宗易の手助けを得て、うまく回り始めていた。

茶会を武功のあった家臣への認可制にし、褒美は土地の代わりに名物を下賜するなどして、信長は武家の間に茶の湯を浸透させると同時に、茶の湯を武家儀礼の一つにまで高めていった。

羽柴秀吉は茶道具一式を信長から賜って歓喜に咽《むせ》び、滝川一益《かずます》に至っては、信長から「武田攻めで功を挙げたら『珠光小茄子』を下賜しよう」と言われ、勇躍して武田勝頼の首を取った。だが、一益の行政手腕に期待するところ大の信長は、一益に上野《こうずけ》一国と信濃《しなの》二郡を与え、さらに関東奉行（関東管領と同義）に任命したが、「珠光小茄子」だけは与えなかった。

一益はこれに落胆し、「上野国のような遠国《おんごく》に配された挙句《あげく》、『珠光小茄子』もいただけず、茶の湯冥利も尽き果てた」と言って嘆いた。

茶の湯への熱狂は日増しに高まっていた。そこに起こったのが本能寺の変だった。

四

天正十年（一五八二）も押し迫った頃、宗易は上京《かみぎょう》にある「あめや」という屋号の窯元《かまもと》を訪ねた。

元々、「あめや」は先代が「阿米夜」という当て字で呼ばれた渡来人だったことに始まる。阿米夜は帰化して宗慶と名乗ったが、「あめや」が誰もが知る通り名となっていたので、それを屋号とした。

宗慶の子は長次郎と名乗り、瓦《かわら》造りの窯元として洛中で名を馳せていた。

久方ぶりに京の町に来た宗易だったが、その賑やかさに舌を巻いた。信長の死など下々には関係ないと言わんばかりの活気だ。というのも信長の行ってきた楽市楽座、撰銭令《えりぜにれい》、金銀貨の鋳造と普及、枡《ます》（単位）の統一、道路網整備といった景気刺激策が功を奏し始めていたからだ。

冬にもかかわらず長次郎の作事場（工房）の中は熱気に溢れ、多くの職人や下働きの小僧が行き来していた。その間を縫うようにして、宗易は瓦の出来具合を確かめている男の許へと向かった。

「いかがなものか」

宗易の声に驚いたかのように振り向いた男は、持っていた獅子瓦《ししがわら》を示すようにして答えた。

「この獅子の顔が気に入りません」

「よき出来に思えるが」

「魔を寄せ付けぬために使われる獅子瓦の面つきとしては、柔和に過ぎます。これでは魔に付け入られてしまいます。今にも猛々しく吠《ほ》え出すようなものでないといけません」

「それなら、鏡に映った己の顔を彫ったらよい」

長次郎と呼ばれた男は、眉が太く顎骨が張っており、まさに獅子顔だった。

「さすが宗易様、苦い一服ですな」

二人は互いの戯《ざ》れ言《ごと》に高笑いすると、作事場の奥にある待合《まちあい》に向かった。

「つまり、珠光様が考案した『冷凍寂枯《れいとうじゃっこ》』の思想を踏襲した茶碗を作れと仰せか」

長次郎が目を見開く。

珠光とは室町時代中期に活躍した茶人・村田珠光のことで、「茶禅一味」の思想を確立し、侘茶に行き着いた。すなわち珠光こそ侘茶の創始者と言ってよい。

「冷凍寂枯」とは、「冷える」「凍る」「寂《さ》びる」「枯れる」という概念で、「侘」の構成要素となる。ちなみに「侘と寂《さび》」という言葉は並列ではなく、「寂」は「侘」を構成する一要素にすぎない。

「しかも一つひとつ、轆轤《ろくろ》を使わず手捏《てこ》ねで作ってもらいたいのだ」

「その真意は」

「そのうち分かる」

これからしようとしている提案を秀吉が受け容《い》れるかどうか分からない段階で、長次郎に真意を語っても仕方がない。

「つまり、これまでのように唐物の天目や高麗《こうらい》の井戸茶碗ではなく、和物の今焼き茶碗で、茶事を行うと仰せなのですね」

すでに十年来の知己ゆえか、長次郎は宗易の意を理解するのが速い。

今焼きとは文字通り、今焼いたばかりという意味だ。

「そうだ。これまでのように名物を見せ合い、その由来などを語り合いながら行う茶事ではなく、主人の作意によって一点一点に装いを凝らし、己の作意を競い合うような茶事にしたいのだ」

「作意を競うと仰せか」

「うむ。格式と定型から茶の湯を解き放つ」

長次郎が「うーん」とうなって感心する。

「さすが宗易様。私のような職人に、かようなことは考えも及びません」

「そんなことはない。何事も苦境に立てば生まれるものだ」

「苦境とは――」

「もはや、天下の大名物と呼ばれるものは少なくなったからな」

「あっ」と言って長次郎が膝を叩く。

「いかにも天下の大名物は本能寺で灰となりました。しかし総見院様がすべての名物を所持していたわけではないので、まだまだ世に名物はあるかと」

「だが、名物の頂を成していたものは灰になった。それゆえ残る名物だけを、わしが見立てて値打ちを高めていっても限りがある」

「ははあ、それでお考えを変え、名物を見せ合うような茶事から、作意を競うような茶事に移行したいわけですね」

長次郎は頭の回転が速い。それが「あめや」を上京一と呼ばれる窯元に押し上げたのだ。

「だが、わしの考えを次なる天下人が受け容れるとは限らぬ上、わしの思惑が外れれば、今焼きの茶碗などに、誰も見向きもしないだろう」

「なるほど」と言ってしばし考え込んだ末、長次郎が言った。

「これまでと違った趣向を凝らし、その新奇さによって数寄者を引き寄せ、さらに新たな数寄者を増やしていくというわけですね」

「そうだ。わしは一つひとつが唯一無二となる茶碗によって、茶事に携わる者たちの数寄心を呼び覚まし、茶の湯を未来永劫に定着させたい。その手伝いをしてほしいのだ」

息をのむような顔をした後、長次郎が言った。

「この上なき誉れです。むろんお代はいただきますが」

「もちろんだ。そう言ってもらわねば気持ちが悪い」

作事場で働く者たちが振り向くほど、二人は高笑いした。

五

天正十一年（一五八三）閏正月五日、山崎宝寺城の山麓にある妙喜庵という寺の境内に造られた茶室で、初めての茶会が開かれた。蘇《そ》鉄《てつ》の茂った内露地を経て、簀《す》戸《ど》できた撥木戸《はねきど》をくぐってきた秀吉は、蹲踞《つくばい》の傍らで頭を下げる宗易に一瞥《いちべつ》もくれずに言った。

「この座敷（茶室）は、やけに小さい気がするが」

「仰せの通り。中は二畳敷です」

「さように狭いのか。そんなところで茶事などできるか」

秀吉の態度はよそよそしく、これまでのように対等な関係ではないことを主張しているかのようだ。

「まずはこれへ」

宗易が蹲踞を示すと、秀吉は不審そうな顔をしながらも、それに従った。

「手水鉢《ちょうずばち》はないのか」

「はい。数寄屋風の茶室でも、以前は貴人用の手水鉢と供人《ともびと》用の蹲踞の双方がありましたが、新たな趣向として蹲踞一つにしました」

「ということは雪隠《せっちん》も一つにしたのか」

宗易がうなずく。

茶室に付随する雪隠は、貴人用の「飾《かざり》雪隠」と供人用の「下腹《したばら》雪隠」の二つがあった。だが空間に無駄が多く無粋でもあるので、宗易は一つにした。

秀吉は不満そうな顔で手を清め、口をすすいだ。続いて飛び石を踏み渡り、柿葺《こけらぶ》きで切妻造りの茶室を見渡した。

「随分と侘びているな」

「はい。『新しき趣向を凝らしたものがよい』というご指示のほか何もなかったので、さようにいたしました」

「そうか。まあ、よい。で、この茶室の名は何という」

「待つ庵《いおり》と書いて、待庵《たいあん》と――」

「何を待つ」

「新しき世でございます」

「そうか。ここで茶を点てながら新しい世を待つというのか。面白い趣向だな」

秀吉はからからと笑うと、面坪の内から右手に見える躙口《にじりぐち》を見つめた。

「これは何だ」

「客の出入口になります」

「この狭さは、どういうことだ」

その出入口は高さが二尺三寸（約六十九センチメートル）、幅が二尺一寸（約六十三センチメートル）ほどしかなく、秀吉のような小柄な男はまだしも、大男や肥満漢が入るのは容易でない。

「この躙口が、これからの茶事には必須となります」

宗易の言葉に秀吉が目を剝く。

「どういうことだ」

「羽柴様は、『一視同仁』という唐土の古い言葉をご存じですか」

一視同仁とは、「相手が誰であっても平等に見て等しく仁を施すこと」という意味だ。

「知らん」

漢籍や古典籍からの引用を、秀吉は極端に嫌う。元が武士でなかった秀吉は、少年時代にこうした教育を受ける機会を得られなかったからだ。

「わが師、武野紹鷗は『茶の湯は一視同仁』と仰せでした」

「それが、この狭い出入口とどうつながる」

禅問答のようなやり取りに、秀吉は焦《じ》れてきていた。

「この口から身を入れれば、身分や立場といったものを忘れ、誰もが平らかに（平等に）なります」

「つまり、身分の差といった俗界の決め事を捨てろと言うのだな」

「ご明察」

秀吉の頭の回転は、武士の中で飛び抜けている。

「それが、そなたの考える数寄というものか」

宗易がうなずくと、秀吉は「よかろう」と答え、素早く躙口に身を滑り込ませた。

亭主は躙口を使わないのが礼法なので、宗易は茶立口から室内に入る。

「ご無礼仕《つかまつ》ります」

茶室に入ると、秀吉は五尺床の掛物を眺めていた。

「これは定家《ていか》か」

「はい。藤原定家《ふじわらのさだいえ》の手になる小倉色紙を飾りました」

色紙とは和歌、俳句、書画などが描かれた方形の料紙のことだ。色紙は模様や金銀箔などを散らしているものだが、宗易の用意した小倉色紙は薄茶色で、仮名文字で『拾遺《しゅうい》和歌集』所収の恋歌《れんが》が記されている。

「いかにも草庵には、定家の色紙がよく似合う」

「これも師匠の教えの一つです」

宗易の師匠の武野紹鷗は、こうした草庵の設えをすでに考案していた。

「それにしても、二畳の茶室とはな」

秀吉が呆《あき》れたように笑う。

「これでも広いかと――」

「なんと、これで広いと申すか」

「はい。侘数寄には広すぎます」

「侘数寄か」

こうした間も、宗易は点前を進めていた。釜から上がる白い湯気が清新の気を室内に満たす。

「初めに確かめておくが、そなたらは、わしに賭けたと思ってよいな」

「もちろんです」

「嘘をつけ。別の者が権六《ごんろく》にも誼《よしみ》を通じているのだろう」

権六とは柴田勝家のことだ。

――ここは嘘偽りを言わぬ方がよい。

宗易の直感がそれを教える。

「申すまでもなきこと。われら商人は、万が一ということも考えねばなりません」

「万が一、か」

秀吉が呵々大笑《かかたいしょう》する。

「権六が天下を取れば、そなたらのような商人はたちまち行き詰まるぞ。そなたらが権六を操ろうとしても無駄だ。そなたらの話が分からんからな」

――その通りだ。

宗易ら堺衆にとって話の分かる相手、すなわち秀吉に天下を取ってほしい。だがそうならなければ、戦乱はいつまでも続く。

「さすが羽柴様、すべてお見通しのようですね」

「そうでなければ天下など望めぬ」

薄々は気づいていたものの、やはり秀吉は織田家の天下を簒奪しようとしていた。

「そなたは、総見院様から『影になれ』と命じられていたな」

秀吉は、そのことも知っていた。

「よくご存じで」

「当たり前だ。出頭というのは主の意をいかに迎えるかだ。総見院様の側近く仕える者の一人や二人くらい籠絡《ろうらく》せずに、出頭など覚束ぬ」

「恐れ入りました」

秀吉は信長の意を先んじて知るために、近習《きんじゅ》や女房から情報を得ていたようだ。

「総見院様ほど先を見通せる方はいなかった」

「私もそう思います」

「そうか。それなら話は早い」

宗易が「不調法ではございますが」と言いつつ茶碗を置くと、それを手に取った秀吉は、喉を鳴らしながら飲み干した。

「うまい」と言うと、続いて秀吉は茶碗を眺め回した。

「これは見たこともない形をしておるが、唐土の天目か」

「いいえ」

「では、高麗の井戸茶碗か」

「さにあらず」

「では何か」

秀吉は答えや結論を迅速に求める。

「京の窯元に焼かせた手捏ね茶碗です」

「手捏ね茶碗だと。かように粗末なもので、わしを饗応するのか」

宗易が何も答えないでいると、秀吉が何かに気づいたように言った。

「もはや名物はないとでも言いたいのか。つまり総見院様と同じ手は使えぬと」

「お察しの通りです」

「そなたは『新しき趣向』の謂が分かったのだな」

秀吉が宗易をにらみつける。

「この茶碗がその答えです」

二畳の茶室内に、鉛のような重苦しさが立ち込める。

しばらくした後、秀吉が顔を上げた。

「これが、そなたの答えと――」

「はい。名物がなければ名物を作るまで。今焼きの茶碗を、唐物や高麗物よりも高い値で取引できるようにいたします」

「そんなことができるのか」

「羽柴様が天下を取り、私の威権を高めていただければできます」

「そなたは何という大それたことを考えておるのだ」

しばしその細い顎に手を当てて考え込んだ後、秀吉が言った。

「やるか」

宗易は畏《かしこ》まると深く平伏した。

六

天正十一年（一五八三）二月、清須会議の国分けで、柴田勝家方の城となっていた近江長浜城を降伏開城させた秀吉は、方向を転じて伊勢の滝川一益を攻めた。滝川一益は柴田勝家と信長三男の織田信孝と組んで秀吉に敵対しており、勝家の本拠の越前北庄《きたのしょう》が深い雪に閉ざされているうちに、降伏に追い込もうというのだ。

これに対して勝家は無理を承知で南下を開始し、三月には琵琶湖北東端近くの余呉湖畔まで進出した。ところが、すでに羽柴方の陣城が数多く造られており、そこから先に進むことはできない。

一方、秀吉も余呉湖から約一里南の木之本まで進出し、勝家と対峙《たいじ》したが、背後の岐阜で信孝が挙兵したため、いったん大垣まで戻ることにする。

ところが四月二十日、柴田方の佐久間盛政が、賤《しず》ケ《が》岳《たけ》にある秀吉方の陣城に攻撃を掛けてきた。

その一報を聞いた秀吉は急遽、道を引き返した。

翌二十一日、余呉湖畔で秀吉と盛政の間で激戦が展開され、秀吉が勝利を収めた。これにより柴田勢は瓦解し、勝家は敗走を余儀なくされる。

逃げる勝家を追った秀吉は勝家の本拠の越前北庄城に迫り、二十四日にこれを落とした。落城間近となった時、勝家は夫人のお市の方と共に自害して果てた。勝家に呼応して挙兵した信孝も降伏し、自刃に追い込まれる。かくして秀吉の最大の敵と目されてきた勝家とその与同勢力は、呆気なく潰《つい》え去った。

「これで戦はなくなるのでしょうか」

初夏の木漏れ日の下、りき（後の宗恩）が枯れ落ちた紫陽花《あじさい》の花を掃きつつ問う。

「そうさな。何事も羽柴様の胸先三寸だが、羽柴様を天下人として認めたくない御仁も多いだろう。それを思えば、まだまだ戦は続く」

堺にある屋敷の縁に腰を下ろした宗易が、茶杓を削りながら答える。

「殿御は、どうして戦うことがお好きなのですか」

「武士という生き物は、何かと戦っていないと不安なのだろう」

男には、常に自分が何者であるかを確かめたいという欲求がある。武士は戦いに勝つことによって、商人は富の大きさによって、それを確かめる。

——だがいつか、そんなことは空しいと気づく。

人を殺すことが嫌になった武士は出家し、飽くことなく富を集めた商人は、草生《くさむ》した草庵に籠もる。宗易は、そうした者たちを何人も見てきた。

「これを見て下さい」

りきが何かを示して笑みを浮かべた。ようやく焦点が合い、それが何か分かった時、宗易の頰も緩んだ。

「もう朝顔の季節なのだな」

「はい。こんなに蕾《つぼみ》が膨らんでいます。これなら三日と待たずに花を付けます」

りきが、その細く長い指先で朝顔の蕾に触れている。

それを眺めながら、宗易は心からよき妻を得たと思った。

宗易は二十三歳の時に最初の妻を娶《めと》った。稲という名の心優しい女で、宗易との間に一男三女をもうけた。だが天正五年（一五七七）、流行病《はやりやまい》で他界した。

その後、宗易はりきを後妻として迎え入れた。りきは観世流小鼓師の宮王三入《みやおうさんにゅう》の妻だったが、その死去に伴い未亡人となっていた。りきには少庵という連れ子がおり、宗易は少庵を養子にした上、稲とは別の側室に産ませた亀と娶《めあわ》せ、千家（田中家）の跡継ぎとした。少庵と亀の間には、すでに息子（後の宗旦《そうたん》）がいる。

「これはどうだ」

削り上がった茶杓をりきに示すと、りきは縁まで来てそれを手に取った。

「常のものより、櫂先《かいさき》の折撓《おりため》が深い気がします」

「ああ、そうしたのだ」

「その一方、節の削りが浅いため、さほど蟻腰《ありごし》とはなっていません」

櫂先とは茶杓の茶をすくう部分、蟻腰とは茶杓にある竹の節の裏を削り、屈曲を生み出したもので、それが蟻の腰のように見えることから付けられた茶の湯用語だ。

つまり、その角度によって茶杓の均整は変わり、美醜が決まる。

「かように些細《ささい》なことに、よく気づいたな」

「あなた様の妻ですから」

りきが恥ずかしげに微笑《ほほえ》む。

「そなたも削ってみるか」

りきが首を左右に振る。

「茶杓は誰にでも削れるものではありません。その心のありようを茶杓に託せるほどの境地に達しておらぬ者が削ったとて、ただ茶葉をすくう道具にしかならないでしょう」

宗易は薄く笑うと、中ほどで茶杓を折った。

ぽきっという音と同時に、りきの「あっ」という声が聞こえた。

「なぜ、それほど丹精込めて削ったものを――」

「わしの心のありようを託せなかったからだ」

「それは、どのようなもので――」

「分からぬが、期待と不安の交じったものかもしれない」

りきが口をつぐむ。それが何かを問うたところで、宗易が答えないのを知っているからだ。

「そろそろ風が冷たくなってきました」

「そうだな。中に入るか」

宗易が立ち上がろうとした時だった。中木戸が開く音がすると、一人の男が姿を現した。

その旅姿の男は、ずかずかと庭に入ってくると、縁に座る二人の前に拝跪《はいき》した。

「父上、義母上《ははうえ》、たった今、戻りました」

一礼した男が日焼けした顔を上げる。宗易の長男の紹安《じょうあん》（後の道安）である。

「紹安、そなたはいくつになってもわきまえぬな」

紹安は先妻の稲の子で、今年三十八歳になる。しかし妻も娶らず放浪の旅を続けていた。

「ははは、父上は変わりませんな」

「紹安殿」と、りきが声を掛ける。

「見たところ、旅塵《りょじん》にまみれ、お疲れのようです。風呂にでも入ってから父上とお話しなさったらいかがでしょう」

「ありがとうございます。では、そうさせていただきます」

一礼した紹安は、入ってきたばかりの中木戸をくぐって表口に向かった。

七

宗易が風炉《ふろ》の炭を整える間、紹安はりきの用意した焼き魚、膾《なます》、汁物などに舌鼓を打った。

「義母上も料理の腕が上がりましたな」

宗易は何も答えない。

「とくにこの麩《ふ》の焼きは見事だ。父上の焼くものと遜色ない」

紹安は「ごちそうさまでした」と言って一礼すると立ち上がり、いったん蹲踞で手水を使った後、再び茶室に戻り、床に掛かった掛物に見入った。

「この圜悟《えんご》（宋代の禅僧）の墨蹟は最近買い求めたものですね。私がいた三年前には、お持ちでなかったはず」

「そうだ。そなたの妹が嫁いだ万代屋宗安《もずやそうあん》から買った」

「ああ、あの御仁なら、かなり吹っ掛けてきたでしょうな」

紹安の笑い声を無視して、宗易が紹安の前に茶碗を置いた。

「では――」と言って、一服した紹安が顔をしかめる。

「父上の濃茶は実に苦い」

「そなたには、その方がよいと思うてな」

「さすがです」

紹安が不敵な笑いを漏らす。

「で、どこに行っていた」

紹安は生まれついて気性が激しく、これまでも幾度となく宗易と衝突していた。三年ほど前、些細なことから口論となって出奔したきり、堺には帰っていなかった。

紹安は茶碗を置くと、懐紙を取り出して軽く唇に当てた。

「此度は北陸から関東へと行ってきました」

紹安はこれまで二度ほど長い旅に出ていた。一度目は伊勢から紀州へ、二度目は西国街道を通って赤間関まで行き、九州から四国へと渡った。いずれも二年以上の長旅になり、書状も送ってこなかったので、安否さえ分からない有様だった。

「ということは、柴田殿健在の頃に北陸を回ったのだな」

「仰せの通り。織田家の北陸衆は柴田殿の下、結束力では比類ないものがありました。しかしその結束が、一日にして瓦解するとは夢にも思いませんでした」

「それが武というもの。武に生きる者たちの結束は堅固に見えても、実はもろいものだ。武とは欲得と同義のようなものだからな」

「なるほど。父上らしいお言葉」

「その後は、どこに行った」

宗易は続いて薄茶を点ててやった。

「お心づくし、かたじけない」と言いつつ、紹安が喉を鳴らして飲む。

その顔を見ていると、堺の町を走り回っていた頃の紹安を思い出す。

「北陸から越後に抜け、上野から武蔵へと回ってきました。越後上杉家の兵は精強で、謙信には財力もあります。ただし玉薬の欠乏はいかんともし難く、もはや羽柴殿の敵ではありますまい」

かつて信長は、武田・上杉・北条といった東国の有力大名を討つ前の下ごしらえとして伊勢長島を陥落させ、伊勢湾交易網を掌握した。これにより堺から伊勢長島へと運ばれていた海外産硝石の流通が止まる。だが信長は、武田氏を滅ぼしたものの上杉・北条両氏を討滅する前に、本能寺で横死した。

「それでその後、北条領にも入ったのだな」

「はい。小田原には、父上もよくご存じの板部岡江雪斎《いたべおかこうせつさい》殿がおります」

北条家重臣の板部岡江雪斎は、「宏才《こうさい》弁舌人に優れ、その上仁義の道ありて、文武に達せし人」(『北条五代記』)と謳われた傑物だ。とくに茶の湯への傾倒は著しく、北条氏と織田氏が同盟関係の頃は、よく上洛したついでに堺に顔を出し、宗久・宗及・宗易らと親密に交わり、その茶風を東国にもたらす役割を果たした。

「板部岡殿の厄介になりながら小田原で様々な話を聞いたのですが、三河殿は北条家との間に攻守同盟を結び、織田中将殿を担いで挙兵するつもりのようです」

三河殿とは徳川家康のこと、織田中将とは信長次男の信雄のことだ。

「そうか」と言って宗易が黙ったので、紹安は首をひねった。

「この話は、まだ秘事だと思っていましたが、すでに父上はご存じで」

「いいや、初耳だ」

「では、父上の立身にお役立て下さい」

「何だと」

宗易の胸底から怒りの焔《ほむら》が立ち上る。

「父上は羽柴様に取り入ろうとしていると、風の噂で聞きました」

「風の噂だと――」

「風は時として真《まこと》を運びます」

「たとえ真だとしても、わしは己一個のために羽柴様に近づいてはおらぬ」

「では、何のために」

紹安が挑戦的な眼差《まなざ》しを向ける。

「この世に静謐をもたらし、人々が自由に行き来できる世を作るためだ」

「はははは」

紹安が手を叩かんばかりに喜ぶ。

「詭弁《きべん》にもほどがありますな」

「詭弁だと！」

「そうです。それは建前にすぎません。父上は織田様の時もそうだったではありませんか。今井殿や津田殿と結託し、南蛮からもたらされた銅弾や玉薬をかき集め、織田様に献上していたのはどこの誰か、お忘れではありますまい」

「それがどうした。わしは――」

宗易が言葉に詰まる。

「父上の調達した弾で、一向一揆に加わった農民たちは命を失ったのですぞ。その中には女もいれば童子もいた。私は――」

紹安が言葉に詰まる。

「伊勢長島にいた時、織田様の攻撃に巻き込まれました。それでも命からがら逃げ出しましたが、すぐに捕らえられました。もしもその場に古田殿がいなければ、私も焼き籠めにされていたでしょう」

焼き籠めとは、人々を小屋に閉じ込め、戸口に板を打ち付けて脱出できないようにし、外から火をつけて焼き殺すという凄惨な処刑法のことだ。

「古田とは織部《おりべ》殿のことか」

「そうです。私は織部殿の姿を見つけて懸命に呼び掛けました。織部殿は私に気づき、救ってくれましたが――」

紹安が無念そうに唇を嚙《か》む。

「ほかの者たちを救ってはくれませんでした。あれだけ頼んでも、織部殿は――」

「そなたのほかは救わなかったと申すのだな」

「はい。織部殿は『われらは右府様の命を奉じているだけ』と仰せになり、乳飲み子を抱いた女まで焼き籠めにしました」

――そうだったのか。

その時、織部の胸中に去来したものが何だったか、宗易には痛いほど分かる。

紹安の嗚咽《おえつ》が糸を引くように茶室に響く。

「紹安よ、それがこの世というものだ。こうした酷《むご》い世を終わらせるために、わしは戦っている」

「父上の戦いは、いつか無為なものになりますぞ」

「どうして、それが分かる」

「武人とはそういうものです。いかに羽柴様を操ろうとしても、最後は武人の本性が姿を現し、父上の命を奪います」

「たとえそうだろうと、わし一個の命で世の静謐が購《あがな》えるなら本望というものだ」

「ご立派なことだ」

紹安の顔に冷笑が浮かぶ。

「私は父上のそうした一面が嫌いだった。父上は悪巧者《あくこうしゃ》（偽善者）にすぎません。本音を言えば、羽柴様の御用者（御用商人）として、もうけたいだけではありませんか」

宗易が色をなす。

「それもある。しかし商人が富を得ようとすることの何が悪い。世を静謐に導くことと、堺衆の繁栄は矛盾しない」

紹安が首を左右に振る。

「権勢を持つ者にすり寄れば、いつか大きな対価を払わされますぞ」

そう言うと、紹安は帰り支度を始めた。

「そなたは、これからどうする」

「はて、どうしますかな。白河の関を越え、奥羽《おうう》の果てにでも行ってみようかと思います」

「さように遠くまで行くのか」

「はい。羽柴様の権勢と父上の威権の及ばぬ地まで赴き、心ゆくまで自らの茶を楽しみます」

「そなたは旅をせねばいられない男だ。わしも止めはせぬ。だが――」

宗易の声が強まる。

「そなたは、わしを超える才を持っている。いつの日か――」

「父上の代わりとなり、権勢を持つ者に取り入り、傀儡子《くぐつし》のように操れと仰せなのですね」

傀儡子とは黒装束に身を固め、背後から人形を操る者のことだ。

「そうだ」

「それが嫌だから、私は旅を続けているのです。その仕事は少庵にやらせたらよいでしょう」

少庵と紹安は同い年になる。だが少庵は、茶の湯を習い始めたのが成人してからなので、その振る舞いから目利きまで、宗易の後継者になるのは難しい。

「それが無理なのは、そなたも分かっておるはずだ」

二人の男は対峙したまま、身じろぎもしない。わずかな松籟と茶釜の湯の煮え立つ音だけが、静寂を支配していた。

八

空は晴れわたり、琵琶湖には涼風が吹いていた。白い帆を上げた船が列を成し、西岸から東岸を目指していく。その数は百を下らず、秀吉の勢威を象徴しているかのように思える。

その中で最も豪奢な一艘《そう》から、秀吉の高笑いが聞こえていた。

「船の上での茶会か。さすが宗易。風情がある」

秀吉の御座船に風炉や茶道具を持ち込んだ宗易は、琵琶湖上で茶事を開くという趣向を考えた。

「この季節には、窓の少ない茶室での茶会は向きません。それゆえ船上がよろしいかと――」

「船で安土城に出向き、天下平定の報告を総見院様にするつもりでおったので、ちょうどよい」

坂本を漕ぎ出した船は、前方左手に伊吹山を望みながら、東岸へと進んでいく。

「改めまして、天下平定の大業を成されたこと、祝着に存じます」

揺れる船の上で注意深く点前を行いながら、宗易が祝辞を述べる。

「わしは取るに足らない農民に生まれ、この世の底を見てきた。どれだけ辛酸《しんさん》を舐めてきたか、そなたには分かるまい。これまでこの額を――」

秀吉が芝居じみた仕草で、己の額を示す。

「どれだけ擦り付けてきたか分かるか。だがな、その時、いつも『今に見ていろ』と思ってきた」

「羽柴様は若い頃、随分と苦労なさったと聞いております」

「苦労どころではないわ。人として扱われなかったのだぞ。それでも苦しい日々から、少しでも這《は》い上がりたかった。まさに手掛かりのない岩肌に張り付きながら、頂上を目指したようなものだ」

「ご心痛、お察しします」

宗易が濃茶を秀吉の前に置く。

「そなたのように何不自由なく暮らしてきた者に、わしの気持ちは分からぬ」

秀吉が喉を鳴らして茶を喫する。

「仰せの通りかもしれませんが、人の苦しみは身分や貧富から来るものだけではありません」

「ははは、よく言うわ。この世で最も切実なものは、今日の糧が得られるかどうか分からぬことだ。食べるに困らぬ者に、その気持ちは分からぬ」

秀吉が遠い目をする。よほど辛い日々を送ったのだろう。

「だが、これで安心というわけではない。わしの足をすくわんとする者が、まだおるからな」

「三河殿ですな」

「ああ、かの御仁は邪魔だ」

「しかし羽柴様、三河殿と戦いに及べば、毛利がその間隙を縫ってくることも考えられます」

「その通りだ。畿内を制する者は、常に周囲を敵に囲まれておるからな」

「では、戦わずしてひれ伏させることができるのなら、それに越したことはありませんね」

「ははは、そなたには武士が分かっておらん」

秀吉が乱杭歯《らんぐいば》をせり出すようにして笑う。

「武士の欲は際限がない。その欲を茶の湯によって抑えねばならん」

「仰せの通り。茶の湯こそ、武士たちの荒ぶる心と際限のない欲を抑える唯一の道具です」

琵琶湖の風が、秀吉の鬢《びん》を撫でていく。

「わしも、すでに齢《よわい》四十七だ。頼りになる年の頃の息子もおらん。天下を平定できても、それを次代に伝えていくことができるか、はなはだ心許《こころもと》ない。ただ――」

秀吉の三白眼が宗易を射るように見つめる。

「茶の湯だけが武士たちの荒ぶる心を鎮め、謀反を抑えられるような気がする」

いよいよ東岸が近づいてきた。かつて信長が造った豪壮華麗な天守はなくなったものの、残った建築物や石垣は創建当時の威容を誇っている。

「実はな、わしは城を造ろうと思うておる」

「安土の城を修復なされるのですか」

「いいや。別の場所に、誰も見たことのないような巨城を築く」

秀吉の目は中空を見据えていたが、その金壺眼《かなつぼまなこ》が見ているのは、未曽有《みぞう》の規模の城に違いない。

「して、その城をどこに築かれるのですか」

「大坂の地よ」

「ということは、本願寺の跡地に」

「うむ。これからは商いがすべてを支配する。大坂の地には国中の富が集まってくる。そこを押さえる者が天下を制するのだ」

「総見院様がお考えになったことと同じですね」

「そうだ。総見院様は安土にずっといるつもりはなかった。安土では琵琶湖の交易網を制したにすぎず、次は大海を制する地に城を築かねばならぬと思われていた」

信長は清須、小牧山、岐阜、そして安土と本拠を移した。むろん安土にも腰を落ち着けるつもりはなかった。

「次は大坂に城を築くと、総見院様は仰せでしたね」

「ああ。しかし、それも本能寺の変によって夢と消えた」

秀吉は信長の後継者として、その構想を引き継ごうというのだ。

「わしは、天下に二つとない巨大で堅固な城を大坂に築き、諸大名やその使者を招く。その時、城の搦手《からめて》に造られた茶室で客人を接待する。つまりわが権勢の大きさを見せつけると同時に、茶事によって心を支配するのだ」

「つまり天下を治めるのは武力だけではなく、茶の湯だと――」

視界が晴れるかのように、秀吉の考えが分かってきた。

「そうだ。わが城の表は厳《いか》めしい武の象徴だが、裏に回れば典雅で風情ある空間が広がっている。そこに鄙《ひな》びた草庵を造り、武将たちの荒ぶる心を鎮めるのだ」

「なるほど。つまり二つの顔を持つ城を造ると仰せなのですね」

「うむ」と答えつつ、秀吉の干からびた手が宗易の肩に置かれた。

「その城の表の顔はわしで、裏の顔はそなたになる」

「あっ」

――わしにも天下を担わせるつもりか。

宗易は愕然とした。

つまり秀吉は、かつて信長が言っていた「表の顔」と「裏の顔」を具現化しようというのだ。

「わしとそなたの関係を城として現出させる。これほど分かりやすい構図はなかろう」

「恐れ入りました」

秀吉が高笑いする。

「裏の空間は、茶室だけでなく、すべてそなたの好みにせい」

「承知しました」

気づくと船は安土城の舟入に着こうとしていた。すでに対岸には、立錐《りっすい》の余地もないほどの武士たちがひしめいている。

船が着くと、秀吉は笑顔を振りまきながら、待っていた者たちの輪の中に入っていった。

——裏の顔か。

宗易の胸底から、得体の知れない焔がわき上がってきた。

九

九月一日、普請作事にかかわる者たちが一堂に会し、大坂城の鍬入《くわい》れの儀（地鎮祭）が行われた。

養子の少庵を伴って参列した宗易は、普請を担当する三十人余の大名たちと共に、黒田官兵衛こと孝高《よしたか》から縄張りの説明を受けた。

「宗易殿、お待ち下さい」

説明が終わり、搦手の方に向かおうとした宗易だったが、背後から孝高に呼び止められた。

孝高は風流を愛することから、いち早く堺の三宗匠とも誼を通じ、今では指折りの武将茶人となっていた。

「これは黒田様、実に見事な縄張りですな」

「それはよかった。この頭を絞りに絞って考えたものです」

「いよいよ普請が始まるのですね」

「はい。わが殿は何かを決めたら、すぐに取り掛かれというお方。ぐずぐずしていると、容赦なく外されます」

孝高がにやりとすると問うた。

「ときに、搦手の曲輪《くるわ》は山里風にするとか」

「はい。羽柴様のご要望を容れ、山里の風情を感じさせる庭と茶室にいたそうかと――」

「ははあ、それはよいことですな」と言いつつ、一転して孝高が声をひそめる。

「どうやら殿は競い普請としたいらしく、遅れることは不興を買うことにつながります」

「そうでしたか。お教えいただき、かたじけない」

「それがしは夫丸《ぶまる》（作業員）や材木の手配も行っておりますので、他に先んじてそちらに回すようにいたします。そのほかにも困ったことがあれば、何なりとご相談下され」

宗易が礼を言うと、孝高は「お任せあれ」と言い残して去っていった。

――これが威権というものか。

これまで孝高は宗易を尊重してはいたものの、ただの茶の宗匠という扱いだった。

——だが、今はどうだ。

これからは宗易が秀吉の懐刀《ふところがたな》になると、孝高は見ているのだ。

少庵が宗易を促す。

「義父上《ちちうえ》、そろそろ行きましょう」

「そうだな。で、足の具合はどうだ」

「ご心配には及びません。真冬以外は痛みませんので」

少庵は生来足が不自由だったが、宗易に心配を掛けないよう、いつも気丈に振舞っていた。

二人は孝高からもらった絵地図を見ながら城の中を歩き、搦手の予定地に着いた。

そこは木々が鬱蒼と茂り、灌木《かんぼく》が地を這っており、長年にわたって放置されてきた場所だと分かる。

「父上、『市中の山居』を築くのに、ここは適地ですな」

「いかにも、ここは北向きで寂びた風情の漂う地だが、木々を伐採し、灌木を片付けて地をならし、それから植栽となると、夫丸を三百人ほど回してもらっても、年内にどこまでできるか――」

「それなら、木々や灌木はこのままにして、道だけ付けたらいかがでしょう」

「それはだめだ。それでは何の作意もない」

宗易は少庵の力量を見切っていた。だが頭は悪くないので、基本的なことを教えていけば、茶の宗匠として食べていけないこともない。

「茶の湯とは己の創意を凝らすことだ。胸内からわき上がる創意を作意に昇華し、一つの作品として提示する。それをどう見られるかで、茶人の値打ちが決まる。それは茶室や道具揃えだけでなく、庭や露地も同じだ。ありのままの自然ではなく、植栽にも作意が宿っていなければだめなのだ」

「なるほど」と呟きつつも、少庵は釈然としない顔をしている。

「少庵、侘数寄とは、しょせん人がどう感じるかだ。客も主人も、深山の風情が作意によって表されていることを知っている。木々や灌木が自然のままでは、侘数寄にはならぬのだ」

「つまり木々の一本一本まで、種類や位置をお考えになるのですか」

「端的に言えばそういうことだ。そこまでやって初めて、人は茶の湯に魅せられ

てきていた。


る」

　眼下の藪《やぶ》を眺めながら、すでに宗易の脳裏には、侘数寄に溢れた庭と茶室が見えてきていた。

十

　城を造るには、労働力の確保とその住環境の整備から始めねばならない。

　大坂築城では、秀吉支配下および傘下大名三十カ国から六万人の夫丸が駆り出され、彼らの小屋掛け（仮住居）は天王寺付近にまで及んだ。しかも小屋掛けは、約四十日で二千五百四棟という速さで進められ、その食料の確保と配給も、秀吉奉行衆によって手際よくなされていった。

　普請惣奉行の黒田孝高の配慮により、宗易の担当する山里曲輪用の建築資材は優先的に回されることになったが、その前に、夫丸たちとその食料の手配がある。

　宗易は孝高に山里曲輪の普請差図（工事計画案）を提出し、九月十五日に普請を開始する承認を得たが、孝高によると、自分は計画案の承認と必要資材を申請することが仕事で、夫丸とその食料の手配は、羽柴家の奉行衆に委ねられているという。

それでも孝高から奉行衆に通達してくれることになったので、宗易は安堵していた。

ところが十五日の朝になっても、夫丸は一人も来ない。そのため宗易は確かめに行くことにした。

大坂城の表の顔、すなわち城の中核部分の普請はすでに始まっていた。おびただしい数の夫丸たちが城内を行き交い、切り出された大小の石を、修羅などの運搬具に載せて運んでいる。

修羅とは巨石運搬用の橇《そり》のことで、コロと呼ばれる転がし丸太を軌道のように敷き詰め、その上に橇を載せて引いていく。

その人ごみを縫うようにして、宗易は奉行のいる仮小屋を探した。

「義父上、あれでは」

少庵の指差す方には、仮とはいえ檜《ひ》皮《わだ》葺《ぶ》きの本格的な屋敷があった。

対面の間らしき場所で待っていると、足音も高らかに一人の奉行がやってきた。

宗易は秀吉の茶頭とはいえ商人なので、少庵と共に丁重に平伏した。

「初めてお目にかかります。堺の千宗易です。こちらは息子の少庵になります」

「此度の普請作事の勘定奉行を仰せつかっております石田治部少輔《じぶのしょう》に候」

――此奴が石田三成か。

秀吉の帷幕《いばく》に石田三成という有能な若者がいるとは聞いていたが、これまで面識はなかった。

「宗易殿のお顔は、これまで何度か拝見しております」

三成が先手を打つように言う。

「それは恐れ入りました。ご無礼をお許し下さい」

「いやいや、それがしは若輩者。目の端にも留まらぬは当然のこと」

――此奴は賢そうだが敵を作る。

その皮肉一つで、宗易はそれを見抜いた。

「して、今朝は何用ですかな」

――用件を急げというわけか。

宗易は鼻白んだが、丁重な姿勢を崩さず言った。

「本日から山里曲輪の普請が始まります。しかし、どうしたことか夫丸が来ないのです」

「ああ、そのことで――」

三成は大福帳のようなものを懐から取り出すと、しばし黙ってそれを見つめてから言った。

「山里曲輪への夫丸の派遣は、十八日になります」

「それはまた、いかなる理由で――」

「石の切り出しと運搬が予定より二日も遅れているので、諸方面に皺寄《しわよ》せが及んでいます」

三成が他人事《ひとごと》のように言う。

「そうでしたか。それは存じ上げませんでした」

三成の声音が変わる。

「われらは一昨日、そのことを黒田殿の下役に伝えました。ここに確認の書付もあります」

三成は別の書状を取り出すと言った。

「それが伝わっていなかったのは、黒田殿の落ち度」

「いや、お待ち下さい。落ち度とは大げさな――」

「いいえ、こうした些事《さじ》を放っておけば、いつか取り返しのつかない大事が起こります。黒田家中の誰が、いかなる理由から宗易殿への伝達を怠ったのかを明らかにせねばなりません」

責任者を追及するということは、誰かが罰せられることにつながる。羽柴側は叱責で済ませても、黒田家としては普請奉行の解任や、下手をすると切腹を申し付けるという事態を招きかねない。

――そうなった時、恨まれるのはわしだ。

三成が険しい顔で言う。

「これは由々しき事態です。それがしにお任せ下さい」

「待たれよ。先走られても困ります」

「先走るとは、いかなる謂で」

「よろしいか」

宗易は悠揚迫らざる口調に改めた。

「こうした大仕事は、すべてが思い通りに運ぶわけではありません。人のやることには、往々《おうおう》にして抜けが出ます。それをいちいちあげつらっていては、きりがありません。些細なことは大目に見ることで、助け合いの気持ちが生まれ、仕事がはかどるのです」

「ははあ、そういうものですか」

三成が田舎田楽のように、大げさに驚いてみせる。

「私はそう思います」

「ご高説を賜り、恐悦至極。では、夫丸を十八日に回すということで、山里曲輪の遅れはないと思ってよろしいですな」

――何だと。

さすがの宗易にも怒りの感情が込み上げてきたが、それを抑えるくらいはできる。

「それで結構です」

会談はそれで終わった。

帰途、無言で山里曲輪に戻る道すがら、少庵が言った。

「義父上、他人を困らせることに喜びを見出す輩《やから》は、どこにでもいるのですね」

「そなたはそう見たか」

「では、義父上はどう見ましたか」

「彼奴《きやつ》は、わしを恫喝《どうかつ》したのだ。つまり羽柴家中において、『茶人にでかい面はさせない』と言いたかったのだろう」

「なるほど。自分たちを甘く見るなということですね」

「そうだ。向後、彼奴が絡むことについては、慎重に考えてから対処していかねばならん」

宗易は気を引き締めた。

十八日には夫丸も集まり、いよいよ山里曲輪の普請が開始される。

一方、秀吉は十六日、鍬入れ（着工）の祝賀にやってきた人々を饗応することを宗易に命じ、大坂城内本丸に造らせた仮設御殿で、「道具揃え」を催した。この席で秀吉は、「四十石」「松花」「捨子」といった本能寺の変を生き抜いた名物を披露し、その案内役兼説明役を宗易と宗及に命じた。

中でも「松花」は、「唐物茶壺の三大名物の一つ」と言われるほどの逸品で、かつて村田珠光が所有していたものを、名物狩りで信長が入手し、本能寺の変の直前にも披露されていた。

宗易は名物重視から侘数寄への過渡期として、こうした名物を秀吉が自慢げに披露することを否定はしなかった。まずは茶の湯が、新たな庇護者の秀吉の下で健在なことを示し、徐々に新たな概念を植え付けていけばよいと思っていたからだ。

十一

月見櫓台《つきみやぐらだい》の西側をすり抜けて仮設の門をくぐり、右に折れのある石段を下っていくと、芦田《あしだ》曲輪との分かれ道に出る。左に行けば、さらに石段が続いて芦田曲輪の門に突き当たる。

この曲輪は城内を警護する者たちの長屋と、道具類を入れる土蔵から成る殺風景なものなので、宗易は築地《ついじ》塀《べい》によって目隠しし、さらに築地塀の外側に植栽し、できる限り見えないようにした。

一方、芦田曲輪の方に行かず、直進して中木戸をくぐると山里曲輪だ。ここには古風な楼門を設け、ほかとは一線を画した空間に入ることを示すようにした。

山里曲輪はその名の通り、山里を城内に再現した異空間だ。門を入ってすぐのところは鬱蒼と茂る竹林にし、その中に露地を付けて飛び石を設けた。十間《けん》（約十八メートル）ほどの小路だが、来訪者はここを通ることで、茶の湯を嗜む心構えを徐々に養っていくという効果がある。

そこを抜けると視界が開け、饗応空間として設えた御広間に出る。ここには月見を楽しむ二階楼と四畳半の茶室が設けられている。

来訪者はここで食事をして振舞（宴）を楽しむ。御広間の前には池泉《ちせん》や四阿《あずまや》が造られ、周囲を回遊できるようになっている。さらに池泉からは小川を引き、川の屈曲や石の置き場所を工夫するなどして、常にせせらぎが聞こえるようにした。

となれば当然、門衛や貴人の供が待機する遠侍《とおさぶらい》、台所、納戸などの建物も必要になる。そうしたものを極力小さくし、さらに瓦葺きにせず、風情のある檜皮葺きや柿葺きにした。

石を運ぶ威勢のいい掛け声が聞こえる中、宗易と少庵は、御広間の脇道を抜けた先の最も奥まった場所に足を向けた。

二人の着いた場所は、整地されているだけで夫丸一人いない。

――市中の山居を構えるには、申し分のない場所だ。

そこに建てられる茶室が完成した時の姿が、宗易の脳裏に浮かぶ。

「義父上、ここに茶室を築くのですね」

「そのつもりだ」

「どのような茶室をお考えですか」

「田舎風の草庵だ」

「どれほどの広さのものに」

「二畳隅炉にしようと思う」

少庵は驚いたようだ。

「羽柴様は派手好み。かような小間《こま》に満足されるでしょうか」

「茶室は小さければ小さいほどよいのだ」

「なぜですか」

「広ければ邪心が入り込む。茶室では、ひたすら茶だけに専心する。それ以外の用途はない」

宗易が、「床は四尺五寸、壁は暦張、炉の脇に洞庫を設ける」という構想を語っていると、背後に人の気配がした。同時に二人が振り向くと、そこに一人の男が立っていた。

「驚かせてしまい、すみませんでした」

その宣教師姿の南蛮人は流暢な日本語でそう言った。

「あなた様とは、幾度かお会いしたことがありましたな」

かつて宗易は、安土城で宣教師たちのために茶を点てたことがある。

「はい。イエズス会士のルイス・フロイスです」

宗易と少庵は堺に住んでいることもあり、南蛮人は見慣れている。しかもフロイスはポルトガル人なので、黒い髪と黒い目をしている。

「堺の千宗易です」

「同じく少庵と申します」

二人が名乗ると、フロイスは会釈を返してきた。

フロイスはすでに日本に滞在して二十年ほどになり、年齢も五十歳を超えている。

「今日はいかがなされましたか」

「城下に教会ができたので、石田様にお礼を言いに来ました」

「それは重畳《ちようじよう》」

宗易の脳裏に、三成のしたり顔が浮かぶ。

「十一月二十二日に大坂の教会で初めてのミサを行います。ぜひいらして下さい」

後に三之丸に包含される大坂城下の一角に土地をもらったイエズス会は、教会を建築していた。だが日本の大工たちが西洋建築など知るはずもなく、外見は寺院と何ら変わらなかったので、町の人たちからは南蛮寺と呼ばれることになる。

「こちらの仕事が目論見《もくろみ》通りに進んでいれば、顔を出すこともできましょう」

宗易はキリシタンになるつもりはないが、商いという点から宣教師たちとは良好な関係を築いてきた。むろん向後も、それを続けるつもりでいる。

少庵が首をかしげつつ問う。

「それにしても、どうしてこんなところへいらしたのですか」

「これだけ大きな城の普請は珍しいので、城内を散策していました。それで静かな方に歩いていくと、この場所に出たのです」

「ははあ、たまたまだったんですね」

少庵が納得したようにうなずく。

「はい。私も閑雅を愛します」

「カ、ン、ガ？」

「ええ、最近教わった言葉です」

宗易が笑みを浮かべる。

「西洋の方々は派手好みかと思っていましたが、閑雅を愛するとは驚きです」

「仰せの通り、ハライソ（天国）は輝かしい色彩に満ちています」

フロイスの顔にも笑みが浮かぶ。

すかさず少庵が付け加える。

「仏教でも、極楽浄土は極彩色に満ちています」

「そんなものはありません。あるのはハライソだけです」

宗易が鼻白みつつ言う。

「あなた方は素晴らしい宗教をお持ちだ。だが一つの神しか認めないのは、どうしてですか」

「それが真実だからです」

「この世は多様な考えからできています。他を受け容れることができなければ、争いが起こります」

「それがこの国の弱さです」

「いいえ、強さです。美は――」

宗易が軽く瞑目して言う。

「一つではありません。美は万物に宿るのです」

「それは正しい考え方ではありません」

宗易が首を左右に振る。

「あなた方とは最後の一線で理解し合えぬようだ。そうした考え方が、あなた方のしようとしていることの障害になるかもしれませんぞ」

フロイスが困った顔をする。

「つまり、いつか布教を禁じられる日が来ると言いたいのですか」

「それは分かりません。例えば天下人が、あなた方の宗教の敬虔《けいけん》な信者となれば、あなた方の信じるものが、この国の隅々まで広がるでしょう」

「その通りです。この国の民を仏教や神道といった邪教の頸木《くびき》から解き放つことが、われらの使命なのです」

「そうした考えは改められないのですね」

「もちろんです。真実は一つだけだからです」

宗易がため息を漏らしつつ言う。

「それでも私は万物に宿る神を信じます」

「仰せの謂が分かりません。まさか茶の湯が神に勝てるとでもお思いか」

フロイスの口端に冷笑が浮かぶ。

「笑いたければ笑いなさい。いかにも宗教と茶の湯は別物だ。しかしわが行く道を邪魔するなら、それなりの覚悟をしていただく」

「待って下さい」

フロイスの顔に戸惑いの色が浮かぶ。秀吉の覚えめでたい宗易の権威に逆らうことは、布教活動に打撃を与えるとわきまえているのだ。

「千様の茶の湯も、われらが目指すものも同じです。この国から戦乱をなくし、人々が安楽に暮らせるようにすることではありませんか」

「その通りです。お互い道は違っても、目指すところは同じです。しかしこの国の民の大半がキリシタン信者になっても、仏教寺院や茶室を毀《こぼ》つことは許しませんぞ」

フロイスの顔が引きつる。

「あなたは神と戦うつもりですか」

「それは、あなた方次第」

「何と大それたことを――」

フロイスは天に向かって手を合わせ、何事か呟《つぶや》いている。

「決してわが領分に立ち入らぬことだ。さすれば共に栄えることができます」

フロイスは胸の前で十字を切ると、恐ろしげな顔をして去っていった。

いつの日かキリシタンが絶大な勢力を握れば、その排他性をいかんなく発揮し、仏神どころか日本固有の伝統のすべてを破壊していくのは明らかだ。

「義父上、キリシタンとは、恐ろしいものですね」

少庵が嫌悪をあらわに言う。

「ああ、耶蘇教は人の心を虜《とりこ》にできる。その目的は崇高だが、他を否定する宗門は、この国にはなじまない」

――空海と最澄以来、多くの俗人が入り込み、財を生み出す構造を築き上げてきた仏教には、もはや衆生《しゆじよう》を救う力はない。では、他を排そうとする耶蘇教にそれができるのか。われらは手を組めるのか。

気づくと日が陰ってきていた。宗易は自問しつつ少庵を促し、その場を後にした。

十二

天正十二年（一五八四）正月三日、大坂城内に山里曲輪と茶室が完成し、その「座敷抜《びら》き」が行われた。「座敷抜き」と言っても狭い茶室に大人数は入れないので、祝賀に訪れた諸大名には二畳茶室を見せた後、御広間で秀長を正客に据えた茶事を行うことになった。

一方、二畳茶室では、主人役の宗易と正客の秀吉が対峙していた。

床には虚堂禅師の墨蹟を掛け、信楽《しがらき》の水指、面白《めんはく》の肩衝茶入、井戸茶碗といった質素な道具の取り合わせは、宗易がこれから目指そうとしているものを如実に表していた。

「見事なものだな」

秀吉はその鄙びた風情の漂う草庵を見て、さらにそれが二畳隅炉ということに驚きを隠せないようだ。

「かように狭い茶室では、主人と客が二人しか入れぬぞ」

「草庵の茶事は主人と客だけで十分かと。大寄せであれば御広間があります」

「なるほど、いわばここは、わしとそなたの隠れ家ということか」

「はい。羽柴様でさえ、かような草庵で茶を楽しむことが知れわたれば、衆生も何ら恥じることなく、草生した草庵に割れ釜をぶら下げただけの茶事をするようになります」

秀吉が前歯をせり出し、下卑た笑いを浮かべる。

「それによって民にまで、茶の湯が広まるというわけか」

「その通りです」

音を立てて茶を喫すると、秀吉が唐突に言った。

「わしは虚《うつ》けと三河を討つことにした」

虚けとは信長次男の信雄、三河とは徳川家康のことだ。秀吉に与《くみ》して信孝を滅ぼした信雄は、この時、自領に加えて尾張・伊勢・伊賀を吸収し、百万石を超える大名となっていた。

「わしとて戦は好まん。それゆえ三人の宿老を虚けの下に送り込み、首根っこを押さえておる」

三人の宿老とは、津川玄蕃允義冬《つがわげんばのじょうよしふゆ》、岡田長門守重孝《おかだながとのかみしげたか》、浅井田宮丸長時《あざいたみやまるながとき》のことだ。

「その三家老から、虚けと三河の間で、使者の往来が激しくなっているという知らせが届いた」

秀吉の金壺眼が光る。

「それだけで織田中将と三河殿を相手に戦をすると仰せですか」

「そうだ。戦に勝つには先手を打つことが大切だ。大義や理屈など後からどうにでも作れる」

「しかし織田中将と三河殿と戦うには、相応の覚悟が要りますぞ」

それとなく脅しを掛けてみたが、秀吉は動じる風もない。

「当たり前だ。勝負をしないで天下が取れるか」

「困りましたたな」

「そなたが困ることはあるまい」

「いいえ、羽柴様と私がこれからやろうとしていることと、戦は矛盾しております」

「いや、この二人だけは、わしの目が黒いうちに倒しておかねばならん」

「今のうちに禍根を断っておくというのですな」

秀吉がうなずく。

「敵は三河殿。正面から戦えば共倒れになります」

「では、どうする」

「まずは、私を織田中将の許にお送り下さい」

「送ってどうする」

「恫喝してきます」

秀吉は大きく目を見開き、次の瞬間、大笑いした。

「ははは、こいつはまいった。茶人の千宗易殿が、総見院様の息子を脅しに行くと申すか」

「はい。羽柴様の威光と権勢をお伝えし、その傘下にとどまることが、己の器量に見合ったことだと分からせます」

「ははあ」と言いつつ、秀吉が膝を叩く。

「面白いとは思うが、やめておけ」

「なぜに」

「あのような虚けには、何を言っても無駄だからだ」

「それでは側近に説きます」

　秀吉が腹を抱えて笑う。

「かの者の側近を知らぬのか、主に負けず劣らずの虚けばかりだ」

　そこまで言われては、宗易も黙るしかない。

「いずれにせよ、わしが押し付けた三家老が不穏な動きを伝えてくれれば、即座に兵を動かす」

　秀吉が恫喝するような目つきで、「もう一服」と濃茶を所望した。


　三月六日、桜の花の咲き乱れる伊勢長島城で、その事件は起こった。

　かねてより信雄は、秀吉派の三家老から「羽柴様に忠節を示すように」と言われていたので、そのことを了解した旨の返答をし、花見の宴に参座するよう命じた。

　三人は何の疑義も挟まず登城し、花見の宴が始まる前、小書院で信雄と歓談した。

　しばらくして信雄が小用に立つと言って姿を消した後、三人だけが座敷に残された。すると突然、「お命、頂戴いたす！」と叫びつつ男たちが現れた。三人は逃れる術《すべ》もなく斬られ、戦国期にも珍しい陰惨な暗殺事件は終わった。

この一報を受けた秀吉は、小躍りしたい気持ちを抑え、憤怒の形相で全軍に陣触れを発した。

家康も動いた。家康にも勝算があった。秀吉が織田家中の内部抗争に明け暮れている間、家康は武田家旧領の甲斐・信濃両国の領有に成功し、強兵で鳴らした武田家旧臣の大半を軍団に組み込んでいたからだ。寄せ集めの秀吉軍団に比べ、徳川勢が一段と精強になったことは明らかで、家康は軍事衝突となれば勝つ自信があった。

さらに、甲斐・信濃両国の領有をめぐって争っていた北条氏と攻守同盟を結んだ家康は、後顧の憂いもなくしていた。

かくして、小牧・長久手の戦いが勃発する。

第二章

蜜月

一

天正十二年（一五八四）三月六日、秀吉派の三家老を討ち取った織田信雄は、秀吉に事実上の宣戦布告を行った。

この知らせを受けた家康も間髪を容れず行動を起こす。

三月七日、岡崎城を出陣した家康は十三日には信雄と清須城で合流し、最初の軍議を開いた。

家康と信雄にとって苦戦は覚悟の上だった。というのも秀吉の勢力圏は、東は美濃・近江から、西は伯耆《ほうき》・備中まで二十カ国に及び、最も農業生産性の高い日本国の中央部を押さえている。その動員兵力は十五万。対する織田・徳川連合軍は、信雄が三カ国、家康が五カ国の太守とはいえ、せいぜい五万余の動員兵力だ。

秀吉には余力があり、持久戦での勝ち目は薄い。家康としては小競り合いで連勝し、全国の諸大名に「家康手強し」を印象付け、味方を増やしていくしかない。

反秀吉勢力の紀伊の雑賀《さいか》・根来《ねごろ》、四国の長宗我部《ちょうそかべ》、越中の佐々成政《さっさなりまさ》らが、戦況次第では家康に味方する。そうなれば秀吉は逆に包囲されることになり、形勢が逆転することも考えられる。

だが秀吉は甘くはない。

四国の長宗我部に対しては淡路の仙石秀久に海上封鎖を命じ、雑賀・根来両衆に対しては岸和田城に中村一氏《なかむらかずうじ》、蜂須賀家政《はちすかいえまさ》、黒田孝高を入れ、毛利の抑えに宇喜多秀家を配した。さらに前田利家と丹羽長秀には、佐々成政の動きを封じさせた。

また、家康と同盟関係にある北条氏に援軍を出させないために、佐竹義重《さたけよししげ》、宇都宮国綱《うつのみやくにつな》、結城晴朝《ゆうきはるとも》らに下野《しもつけ》国をめぐる小競り合いを拡大させた。

両陣営の対立は、北陸から関東諸国にまで広がりつつあった。

羽柴方諸将を本陣の佐和山城に集めた秀吉は、諸国に向けて信雄と家康の非を鳴らすと、三月十三日、池田恒興《つねおき》と森長可《ながよし》に尾張国の犬山城を急襲させた。この先制攻撃は成功し、一夜にして犬山城を奪った。

十六日、勢いに乗る秀吉は犬山城にいた森長可に三千の兵を率いさせ、清須城攻撃に向かわせた。この動きをいち早く摑んだ家康は、酒井忠次らに五千の兵を与え、森長可勢に当たらせた。

八幡林《はちまんばやし》から羽黒川にかけて衝突した両軍は、一歩も譲らぬ激戦を展開したが、兵力で劣る森勢は次第に押され、陣を捨てて潰走する。

一矢報いた家康と信雄は相次いで小牧山城に入った。これに対して秀吉も犬山城に本陣を設けた。

羽柴勢八万余、徳川・織田連合軍三万五千余の対決の時は迫っていた。


四月初旬、犬山城の本曲輪の庭園で、大寄せが行われた。

秀吉から犬山城に来るよう命じられた宗易は、少庵を伴い、従者に風炉釜、水指、建水などの諸道具を抱えさせて駆けつけた。

楽師たちの奏でる管弦と、風に舞う篝《かがり》によって幽玄な空間が演出される中、宗易は茶を点てた。

大寄せの場合、最初に振る舞う濃茶は、同じ碗で飲み回す吸茶《すいちゃ》になる。こうした場合、末席には回らないことが多いので、形式的に口を付け、それぞれの茶巾で口を付けた部分を拭き取ってから回していく。

続いて薄茶が回される。これは吸茶ではなく、各服点《かくふくだて》といって個々に茶の入った薬籠（木製塗物）が配られ、それを喫することになる。

大寄せも半ばを過ぎた頃だった。使者が入ったのか、陣幕の外が慌ただしくなってきた。

続いて「ご無礼仕る」という声と共に石田三成が現れ、秀吉に何事か耳打ちした。

「分かった。皆にも知らせよ」

「はっ」と答えるや、三成が甲高い声で報告する。

「今入った知らせによると、敵は小牧山での長期戦を覚悟し、その構えを強化すると同時に諸砦《しょさい》を構築、小幡《おばた》城と比良城を修築し、岡崎・清須間の防衛線を強化したとのこと」

その報告により、茶の湯によって緊張がほぐれ始めていた一同の顔色が、たちまち変わる。

――荒ぶる気持ちを鎮めるのは、容易なことではないというのに。

宗易は内心、舌打ちした。

秀吉が周囲を見回しながら問う。

「われらの守りはどうなっている」

堀秀政がすかさず答える。

「犬山城の前衛となる諸砦の構築は順調に進んでいます」

「となると陣城合戦か。こいつは長引きそうだな」

秀吉が吐き捨てるように言うと、森長可が発言を求めた。

「浮勢（奇襲部隊）によって三河を突かせる動きを見せれば、家康は慌てて兵を返そうとします。そこを羽柴様率いる主力勢が背後から突くのです」

池田恒興も膝をにじる。

「これは、よき策ではありませんか」

恒興は信長の乳兄弟で、信長の死を知って出家し、勝入《しょうにゅう》と名乗っていた。清須会議で宿老の座に押し上げられ、秀吉に味方することで、さらに高い地位を占めるに至った。また恒興は森長可の岳父にあたり、羽黒八幡林で敗れた長可の名誉を挽回させたいと思っていた。

長可が絵図面を使って策を説明する。

うなずきながら長可の話を聞き終わった秀吉は、長いため息をついた。

「悪くない策だが、皆はどう思う」

次の瞬間、諸将はわれ先に持論を述べ始めた。その大半は長可の積極策を推していた。

――皆、羽柴様の意向を忖度《そんたく》しておるな。

この戦いで、秀吉は家康を討つつもりでいる。そうしなければ、いつまでも禍根を断つことができず、己が先に死ねば天下を簒奪される恐れがあるからだ。

「皆の気持ちは分かったが、そなたらは武士だ。戦場に来ると、われを忘れる。それゆえ――」

秀吉は首を回して居並ぶ者たちを見回すと、背後に控える宗易に視線を据えた。

「宗易の存念を聞いてみたい」

――なぜ、わしに問う。

宗易は意表を突かれた。

「私は商人ゆえ、戦場の策配には通じておりません」

「だからこそ問うている。事ここに至れば、武士たちは弱気なことが言えぬ。それゆえ虚心坦懐に物事を判断できる者に問いたいのだ」

重い沈黙が広間を支配する。

――三河殿ほどの戦巧者なら浮勢に気づかぬはずがない。

「どうだ、宗易。どのような存念だろうと、そなたを責めることはないから申してみろ」

――わしを試しておるのか。

宗易の脳裏に、乱戦の中、討ち死にする二人の姿が浮かんだ。

――だが、待てよ。

ここで秀吉に慎重な策を取らせてしまえば、秀吉有利なままで事態は推移し、やがて家康は滅亡させられるかもしれない。その時は双方に相当の損害が出るはずだ。双方の均衡を保ち、死傷者の続出する大戦を避けるには、小戦で家康に勝たせる必要がある。

顔を上げると、秀吉は微動だにせず宗易を見つめていた。その顔は醜怪極まりないが、金壺眼の奥は聡明な光を宿している。

一礼すると、宗易が答えた。

「理に適った策かと」

「森や池田を慮《おもんぱか》って言っておるのではないな」

「申すまでもなきこと」

秀吉が再び宗易をのぞき込む。

——わしの真意を探ろうとしているのか。

緊迫の時が流れる。背筋に一筋の汗が伝う。

心中で、「そなたは、わしを陥れようとしているな」という秀吉の声が聞こえる。

だが次の瞬間、秀吉の口から別の言葉が出ていた。

「宗易がそう申すなら、やってみよう！」

秀吉が立ち上がるや、長可と恒興が平伏する。

「宗易、そなたの言葉で決断できた。恩に着るぞ」

「私は思うところを述べたまで」

策が決定すると、秀吉は陣立て（諸軍の配置）に移った。もはや茶会は体を成さず、諸将は侃々諤々《かんかんがくがく》の議論を展開している。

やがて秀吉がその場を後にすると、諸将も天を衝くばかりの勢いで、自らの陣所に戻っていった。

その場に残されたのは宗易と少庵だけだった。

「少庵、給仕を頼む」

茶の湯における給仕とは点前から雑用までの一連の行為を意味していたが、次第に使った茶道具の片付けを指すようになった。

「はっ」と答えると、少庵は慣れた手つきで片付けを始めた。

四月六日、羽柴秀次（この時は三好信吉）を総大将に、池田恒興、森長可、堀秀政率いる二万余の三河侵攻部隊が、尾張東部の丘陵地帯を迂回《うかい》して岡崎に向かった。ところが翌七日夕刻、この動きは早くも家康の知るところとなった。

八日、先手を担う池田・森隊は、三河への進軍路を扼《やく》する岩崎城への攻撃を開始する。

一方、家康は九日未明、長久手北方の白山林《はくさんばやし》で、秀次勢に奇襲を掛けた。予想もしていなかった背後からの攻撃に、たちまち秀次勢が突き崩される。

これを聞いて救援に駆けつけた堀秀政は、秀次勢の壊乱《かいらん》ぶりを見て挽回をあきらめ、秀吉主力との合流を図るべく撤退に移った。その頃には池田恒興と森長可も反転して徳川勢に挑んでいたが、その勢いを押しとどめられず崩れ立った。池田恒興と森長可は、乱軍の中で討ち死にを遂げる。

事は宗易の思い通りに運んだ。

その後も小競り合いは続いたが、大会戦に至ることなく、事態は終息に向かった。

九月になると和睦《わぼく》の気運が高まった。しかし秀吉が家康に人質を送ることを要求したため、いったん和議は決裂する。

それゆえ秀吉は方針を変更し、信雄との間で単独講和を結び、家康を孤立させることにした。

二

「そろそろ恫喝に行ってくれぬか」と秀吉から頼まれた宗易は、十月初め、清須城に赴くことにした。

尾張守護の斯波《しば》氏によって創築された清須城は、弘治元年（一五五五）に織田信長が入城し、永禄六年（一五六三）に小牧山城に移るまで、その本拠となっていた。

今は新たな主となった信雄が、城下町の再整備を進めていた。

——ここが、総見院様の居城だった清須城か。

五条川沿いに伊勢街道を下っていくと、清須城が見えてくる。

——総石垣造りで二重の堀で守られているのか。なるほど堅固な平城だ。

惣構《そうがまえ》の橋を渡ると、重臣の土方雄久《ひじかたかつひさ》と滝川雄利《かつとし》が大手まで出迎えに来ていた。

輿《こし》を降りて挨拶を交わした宗易は、再び輿に乗り、本曲輪にある御主殿の前に至った。

そこで随伴してきた少庵と別れ、宗易一人が信雄と対面することになる。

遠侍に導かれていく少庵たちを見送ると、取次役の土方雄久と滝川雄利が、「どうぞ、こちらへ」と言って書院らしき一間に通された。

上座から五間（約九メートル）ほど離れた下座に着くよう指示された宗易がそこに座すと、その左右後方に二人が付く。

——わしを恐れているのか。

酸鼻極まる謀殺事件を起こした信雄である。自分がそうした目に遭わないよう、念には念を入れているのだ。

やがて帳台構えが開くと、信雄が現れた。信雄はその垂れ気味の目尻や下膨れした頃から、兄弟の中で、最も信長に似ていないと言われてきた。

——それは面相だけではない。

宗易は信雄をそう評価していた。

「これは中将様、お久しゅうございます」

「宗易殿が使者として来られるとはな。驚いたわ」

すでに書状で伝えてあるので、それは分かっていたはずだが、信雄は皮肉のように言った。

——どうやら備えは堅固そうだな。

その防御を突破し、信雄を組み伏せるのが宗易の仕事だ。むろん親徳川派の土方雄久と滝川雄利が左右に居並んでいるので、彼らとも丁々発止のやり取りをせねばならない。

「最近、茶事の方はいかがですか」

「茶事だと。この死ぬか生きるかの瀬戸際で、茶事もあるまい」

信雄は演能の名手として名を成していたが、茶の湯、和歌、管弦、蹴鞠《けまり》といった芸道全般の手練《てだ》れとしても知られていた。

「ははは、いかにもその通りですな」

「まさかそなたは、茶事をしに来たわけではあるまい」

「いえ、そのつもりで参りましたが――」

「此奴」と呟いた信雄の目は憎悪に燃えていた。むろんそれは、宗易個人に向けられたものではない。信雄には、秀吉の陣営に属する者すべてが敵に見えるのだ。

「よし」と言うや、信雄が膝を叩いた。

「一客の茶事を行う」

一客の茶事とは、主人と客だけの茶事のことだ。

「お待ちあれ」と、土方雄久が口を挟む。

「それは、よきお考えとは思えません。宗易殿はあくまで使者。となれば、われらも陪席《ばいせき》させていただくのが筋かと」

「土方殿の申す通り」

滝川雄利も落ち着いた声音で言う。

「われらが話を伺わないことには、向後のあつかい（交渉）に取り違えが生じることもあり得ます」

「よいか」と言って、信雄が目を剝く。

「わしは、あつかいなど考えておらん。三河殿と一蓮托生と決めたからには、羽柴殿とは戦い抜くつもりでいる。此度は宗易殿の茶を楽しむだけだ」

二人が不安そうに顔を見交わす。

「わしは、もうそなたらに振り回されんぞ」

——そういうことか。

温厚な文化人にすぎない信雄が三家老を謀殺するなどあり得ないと思ってきたが、案の定、二人にそそのかされたのだ。二人には、家康の力を借りて織田家の天下を取り戻したいという野望がある。

——だがそれでは、天下人が羽柴殿から三河殿に変わるだけだ。

二人にはそれなりに勝算があるのだろうが、秀吉を打ち負かせても、信雄が家康を抑えて天下人になれる可能性はなきに等しい。

「では場所を移そう」

何か言いたそうな二人を尻目に、信雄が立ち上がった。

庭に案内された宗易は、取次役が示す蹲踞で手と口を清め、外腰掛けで信雄が来るのを待った。

やがて信雄が現れ、四畳半茶室に通されると、茶事が始まった。

——南向きか。

本来、茶室は北向きにして室内に陽光を取り入れていた。その方が陰影があいまいになり、道具の美しさが際立つからだ。だが宗易は、あえて南向きの茶室を造った。道具の美は細部に宿るからだ。それに信雄の師匠の織田長益《ながます》が感心していたことを、宗易は思い出した。

「この茶室は有楽殿《うらく》の縄（設計）では」

信雄が軽くうなずく。

——茶室は侘びているが、たいした道具はない。つまり総見院様が集めた名物の大半は、羽柴様に献上したということか。

元々、茶に造詣が深かった信雄は、武将茶人として高名な荒木村重から贈られた「兵庫」と呼ばれる茶壺や「京極茄子」という茶入の大名物を持っていた。だがそれらは、清須会議で後継者指名を受けるために秀吉に贈ったので、今はさしたる道具を持っていない。

――その腹いせに、このお方は反旗を翻したのかもしれぬ。

茶道具、とくに大名物には、それだけ人を狂わせる魅力がある。

「では、料理を運ばせる」

信雄が外に声を掛けると、同朋たちが膳を運んできた。

料理は手前に飯と青菜の汁を並べ、それを隔てて貝付けと鮭の焼き物の菜二種を置き、さらに琵琶鱒《びわます》の和雑膾《かぞうなます》が付けられている。いわゆる一汁三菜という構成だ。

簡素な中にも、もてなしの気持ちが漂う献立に、宗易は付け入る隙があると見た。

「それでは、いただきます」

宗易と対座する形で、信雄も食べ始めた。

常であれば味などを褒めるのだが、そんな世辞を言う気にもならず、沈黙したまま食事が終わった。

「そろそろ炭を整える」

「はい」と答えた宗易は座を外して外に出ると、蹲踞で手水を使った。

後入《ごいり》で座に戻ると、床の飾りが墨蹟に変わっていた。

――下手だな。

それは名もない禅僧の書いた墨蹟だった。信雄が名物を持っていないのか、暗に招かれざる客である宗易を揶揄しているのかは分からない。

「眼福でございました」

「本気で申しているのか。わしは、もはやかような雑物《ぞうもつ》しか持っておらぬのだぞ」

――それを訴えたかったのか。

信雄が慣れた手つきで濃茶を練った。ちなみに濃茶は、点てると言わずに練ると言う。

「では」と言いつつ、宗易が口を付ける。

「そなたは、わしを殺しに来たのか」

鋭い言葉の切っ先が宗易に向けられる。

「まことにもって、よきお味かと――」

「そなたの狙いは何だ」

――もはや駆け引きをしている暇はないようだな。

宗易が穏やかな口調で問う。

「中将様は、天下人とは何かを考えたことがおありですか」

「天下人だと」

「そうです。天下の為政者のことです」

「そんなことは、そなたよりも分かっている。わしは父上の謦咳《けいがい》に接し、この世をどう導くかを教えられてきたからな」

「それは結構なことです。しかし天下人には、大きな器が必要です」

「何が言いたい」

宗易が茶碗を置く。信雄の瞳は小動物のように警戒心をあらわにしていた。

「親から引き継いだものを、ただ守るだけの常の大名や国人と、天下人は違います」

「わしは天下人の器ではないと申すか」

「はい。満々と水をたたえる器なくして、水をためることはできません」

「何と無礼な――」

「では中将様の胸内に、満々と水をたたえる器がありますか」

信雄が目を剝く。だが反論の言葉はない。

「残念なことですが、中将様に天下は治められません」

「そんなことはない！」

「それは、ご本人が最も分かっておるはず」

信雄が手をつく。

「わしは、わしは――」

「そう。総見院様ではない。どんなに背伸びしようとも、絶対にお父上にはなれないのです」

信雄が声を絞り出す。

「わしは父上のようになりたかった。父上の一言で、周囲は震え上がって従った。わしは父上のように、軍配一つで千軍万馬を動かしたかったのだ」

「では仮に、それが現《うつつ》のものとなったらどうするのです。中将様は降伏した敵の首をことごとく落とし、乳飲み子を抱えた女を焼き籠めにできますか。そんなことができるのは、お父上だけではありませんか」

「そうだ。わしにはできぬ。わしは一人の敵も殺せぬ！」

「それがお分かりなら、何も申し上げることはありません。中将様には――」

宗易が慈愛の溢れる口調で言う。

「中将様の行く道があります。風流心の分かる方々に囲まれ、茶を点て、能を舞い、歌を詠むのが、中将様には似合っているのではありませんか」

信雄が肺腑を抉《えぐ》るような声を絞り出す。

「ああ、そうだ。それがわしの行く道だ」

「秀吉や家康は――」

宗易はあえて呼び捨てにした。

「戦うしか能のない者たちです。彼奴らは武によって、己が何者かを証明するしかないのです」

「しかし彼奴らは、皆から崇められている」

「それはかりそめの尊崇《そんすう》です。彼奴らは恐怖によって皆を支配しているだけではありませんか。力を失えば尊崇する者など一人もいません」

「それを本気で言っておるのか」

「はい。武によって立つ者は武によって滅ぼされる。平相国《へいしょうこく》（清盛）しかり、北条得宗家《とくそうけ》しかり」

そこまで言ったところで、宗易は口ごもった。だが信雄が後を続けた。

「わが父しかりだな」

「残念ながらその通りです。一方、文や芸によって立つ者は真の尊崇を受けます。例えば藤原定家や世阿弥は――」

信雄が口を挟む。

「そなたもか」

宗易が息をのむ。

「茶の湯を永劫に続くものとし、その頂点に君臨すれば、そなたは永劫の命を得られる」

宗易は虚を突かれた。

「図星であろう。秀吉など、そなたの走狗《そうく》にすぎぬ。そなたこそ天下を狙っておるのだ！」

信雄が宗易を指差す。

「では、私を殺しますか。私を殺して私に成り代わりますか。私のように秀吉のために茶を点てられますか」

信雄の顔が秀吉への憎悪に歪む。

「中将様は幸いにして総見院様のご子息です。それだけで向後、茶の湯でも、歌でも、能でも生涯楽しめます。それで十分ではありませんか。それとも三七殿（信孝）のように、室も子も殺された上、三条河原に首を晒《さら》しますか。それを見た京雀から『あれは天下人だった総見院様の息子の首だ』と言われて笑い者にされたいのですか」

「嫌だ！」と言って信雄が激しく首を振る。

「わしは常に父上の息子として見られてきた。一個の人として見られたことなどなかった。いつも父上の亡霊を背負わされてきたのだ。此度のこともそうだ。わしは秀吉と戦いたくなかった。それを馬鹿どもが『あなた様は総見院様の息子です。天下を取って当然なのです』と言って、わしをそそのかしたのだ」

信雄が嗚咽を漏らす。宗易は背後に回り、その背を撫でてやった。

「中将様、総見院様の息子という頸木から逃れ、楽になって下さい」

「そなたは――、そなたは、そんなわしでも相手にしてくれるのか」

「もちろんです」

「わしが父上の子でなかったとしても、そなたは茶を点ててくれるのか」

「当たり前です。中将様は総見院様よりも――」

そこで一拍置いた宗易は、確信に満ちた口調で言った。

「尊崇されるべき人なのです」

「それは本当か。わしはわしのままでよいのだな」

宗易が力強くうなずく。

「そうか。これでよいのだな。これで――」

信雄のすすり泣きが四畳半に漂う。それは、肩の荷を下ろせた者の喜びのすすり泣きだった。

三

「まことにもって見事な手際よ」

大坂城の小書院に秀吉の高笑いが響く。

「過分なお言葉、ありがとうございます」

十一月十一日、秀吉は信雄と会見し、単独講和を結んだ。しかも信雄は秀吉の出した条件をすべてのみ、幼い娘を秀吉の養女として差し出すことにも同意した。秀吉は歓喜し、「それでこそ三介殿」と手を叩いて喜んだ。

信雄との和睦が成った秀吉は、信雄から奪った伊勢国の大半の城を破却させた。というのも伊勢国には織田家の勢力が浸透しているため、情勢の変化によっては、国人たちが反旗を翻す可能性があるからだ。

一方、梯子《はしご》を外された形になった家康は十二月十二日、次男の義伊丸（後の結城秀康）を秀吉の養子にする前提で大坂に送り、和睦の道を探り始めた。

「そなたはたいしたものよ。あの虚けに、いかに損得を説いたのだ」

「損得と――」

「そうだ。かの者の宿老は損得勘定しかできぬ者たちだ。餌を投げれば食らいついてくる」

「餌と仰せになられますと――」

宗易が首をひねる。

「もしやそなたは、わしの与《あずか》り知らぬ密約を結んでおるのではあるまいな。そんなものに聞く耳は持たんぞ」

「なんの約束もしておりません。私は天下人について語っただけです」

「天下人だと」

「はい。中将様は、その任にふさわしくないと――」

宗易は経緯をかいつまんで語った。むろん秀吉を揶揄するようなことは伝えない。

「つまり虚けの心の襞《ひだ》に分け入り、その弱さを突いたのだな」

「はい」

「人の心を攻めるのは城攻めと変わらぬ。面白いだろう」

その問いに宗易は答えない。

「そうだ。何か褒美を取らそう。まあ、それは後でよいとして――」

このくらいのことで秀吉が褒美をくれないのは、宗易とて承知している。

「わしは小牧・長久手で痛い目に遭った。あの時、そなたはわしに、森や池田の申す策を勧めたな」

「お待ち下さい。勧めてはおりません。理に適っていると申したまで」

「どちらでもよいことだ。あの時、本心からそう思ったのか」

「私は商人です。兵の駆け引きには慣れておりません」

「まあ、よい。あそこで後れを取ったのは、わしにも責がある。戦は弱きところを突いた方が勝つ。わが方で弱いのは、わが甥《おい》の信吉（秀次）で、敵で弱いのは織田中将だった。わしは池田の懇請に根負けし、弱き者を前に出した。ところが家康めは、弱き者を城に入れて出さなかった」

あの時、家康は信雄と織田勢を小牧山城から動かさなかった。自軍の負担を軽くするために織田勢を出陣させるのが当然のところを、家康は自軍だけで戦ったのだ。

――織田勢が崩れれば、負け戦となるからだ。

宗易も薄々そのことには気づいていた。

「そなたは知るよしもなかろうが、孫子に『実を避けて虚を撃つ』という言葉がある。わが虚が秀次であるのと同様、彼奴らの虚は織田中将だったのだ」

「羽柴様、小牧・長久手は終わったこと。これからは次善の策を考えましょう」

宗易は当たり障りのない言葉で、向後に秀吉の目を向けさせようとした。だが秀吉は、いまだこだわっていた。

「つまりそなたは、この無二の一戦を大会戦にせずに終えたわけだ」

「何を仰せか。私は戦の帰趨に関与しておりません」

「いいや。この戦の勝者は、そなただったのだ」

——その通りだ。

宗易は無言でいるしかない。

「そなたは、わしのために働いているわけではない。堺のため、いや、この世を静謐に導くために働いておる」

宗易は秀吉の賢さを思い知った。

「だがな、宗易、わしはそれでよいと思うておる」

それは予想外の一言だった。

「わしの周囲の者は皆が皆、わしのために働いておる。だが、それでは目が曇る。そなたのように別の見地から物事を考える者がおると、わしも鍛えられる。ひいてはそれが、天下人としての礎を固めることにつながるのだ」

——やはり、この男は侮れない。

いつの間にか秀吉は、独善的な支配者になることから脱しようとしていた。

「だが、そなたの目指すことを実現するには、家康を排除しておかねばならない」

「共に栄えることはできませんか」

秀吉が悲しげな顔で言う。

「それではいつの日か、わしの後継者が討たれることになる」

「そうはならぬよう、三河殿の外堀を埋めるのです。さすればほどなくして屈服します。ご存じのように三河殿は希代の律義者。総見院様ご健在時のように、使い方次第で強力な味方になります」

秀吉が遠くを見つめるような目をする。考えているのだ。

「いかに精強な兵を持つ三河殿とはいえ、丸裸にしてしまえば、いかようにもなるはず」

「そなたは賢いな」

秀吉が金壺眼を丸くする。

「まあ、よい。家康と戦って負けてしまえば、わしの天下もそれまでだ」

「その通りです」

「だが、外堀を埋めるとなると、どこかを攻めることになるぞ」

家康との無二の一戦は避けられても、秀吉は「家康の外堀を埋める」ために、その与同勢力と戦わねばならない。

――だが三河殿以外との戦いなら、さほどの大戦にならず、敵は屈服する。

宗易の読みが正しければ、戦による損害は必要最小限で収まる。

「どこを攻めるかな。越中の佐々か、四国の長宗我部か、紀州の雑賀・根来か――」

秀吉が挑むように問う。

「まずは、易き相手から攻めるのがよろしいかと」

宗易がうなずく。紀州勢は寄合所帯なので各個撃破しやすい。

「紀州か」

「よし、そうするか」

「しばしお待ちを」

立ち上がろうとする秀吉を、宗易が押しとどめる。

「向後の羽柴様のご出陣は、常の戦に赴くものとは異なります。帝の命を奉じ、また今は亡き総見院様の遺志を継ぎ、この世に静謐をもたらす天下人の戦、否、征伐となります」

「征伐か――」

征伐とは、朝廷や幕府の命を受けた者が反逆者を追討することを言う。

「それゆえ出陣を祝う盛大な儀を行い、負けるはずがない戦だという印象を諸将に植え付けねばなりません」

「そなたは何が言いたい」

「羽柴様が天下を慰撫《いぶ》する道具として茶の湯をお考えなら、出陣の儀に際し、これまでないほどの大寄せの大興行を催し、集まった者全員に茶を振る舞うのです」

その盛儀の噂は紀州まで届き、動揺が広がるだろう。

――さすれば降伏する者が相次ぐ。

宗易は威儀を正すと言った。

「天下は茶の湯と共にあるのです」

秀吉の眼光が鋭くなる。

「そうか、天下の中心に座すのは茶の湯だったな」

宗易は深く平伏すると、計画の概要を語った。

四

天正十三年（一五八五）二月、秀吉は大坂城山里曲輪に織田信雄を招き、講和を祝う茶会を行った。この茶事は四畳半茶室で行われ、秀吉自ら点前を行い、信雄と仲介の労を取った織田有楽斎が参座した。

宗易は秀吉を給仕すべく、宗及と共に次の間に控えていた。

この時、毒殺を恐れた信雄は茶を喫さず、作法だけ執り行った。有楽斎が先に喫し、それを信雄に回しても「何《いずれ》にしても茶をばきこしめされず」（『宗及茶湯日記他会記』）という頑《かたく》なさだった。

いずれにしても信雄との講和が整ったことで、後顧の憂いをなくした秀吉は次の一手を打つ。

同月、秀吉は紀州雑賀・根来攻めの陣触れを発した。出陣に先立つ三月八日、信長の追善供養として、大徳寺の総見院において大寄せが催された。これが、貴賤《きせん》を問わない大規模茶事の走りとなる「総見院の大茶湯」だ。

この時、秀吉が所有する名物を陳列すると喧伝《けんでん》したので、畿内の数寄者たちが押しかけてきた。時代はいまだ名物重視なので、それを餌にして数寄者たちを集め、侘数寄の時代になったことを茶室の設えなどによって伝え、数寄者たちの口を介して侘数寄を敷衍させるという狙いが、そこにはあった。

この興行は、総見院の境内に仮設の茶室を二棟建て、宗易と宗及が百四十三人に茶を振る舞うという趣向だ。この時の茶室は、屋根が茅葺《かやぶ》きで九尺二間（間口約二・七メートル、奥行約三・六メートル）の櫟《くぬぎ》造りで、中央に通路が設けられ、次々と茶を振る舞えるようになっていた。

「総見院の大茶湯」は、畿内の数寄者がすべて集まったかと見まがうばかりの大盛況となった。だがその賑やかさと比べ、茶室の侘びた風情に数寄者たちは瞠目《どうもく》した。これにより最新の茶の湯が侘数寄だという話が広がっていった。

久方ぶりに堺の屋敷に帰った宗易が夜になって茶室に向かおうとすると、庭に面した広縁に、一房の藤の花が置いてあるのを見つけた。それを手に取った宗易が首をかしげた次の瞬間、闇の中から皺枯れた声が聞こえた。

「藤波の花は盛りになりにけり、平城《なら》の京《みやこ》を思ほすや君」

「ノ貫《へちかん》、か」

次の瞬間、小さな人影が現れた。腰が曲がっているのか、前かがみになって足を引きずり、杖で体を支えている。

「宗易、久方ぶりだな」

その顔は垢《あか》で薄汚れ、片目は白底翳《しろそこひ》（白内障）なのか白く濁り、何も見えていないようだ。

「この季節になると堺が恋しくなる。だが堺で会いたい者は、もうおぬしぐらいだ」

ノ貫と呼ばれた男が、歯のない口を開けて笑う。

「万葉の古歌とは、おぬしも気が利いている」

「ああ、奈良を堺になぞらえてみた」

ノ貫が引用した古歌は『万葉集』に収められており、「藤の花が盛りになると、君は奈良の都が懐かしくなるだろう」という謂だ。

「本当に堺が恋しくなったわけではあるまい」

「それは分からん。帰りたくなったから帰ってきた。それだけのことよ」

ノ貫が広縁に座す。

その手の甲は肉がないほど筋張っており、肌は樹皮のように荒れている。

実は、ノ貫の故郷は堺ではなく京だった。上京の商家の長男に生まれたノ貫は、親との折り合いが悪く、少年の頃に実家を出奔し、堺の商人たちの食客《しょっかく》（書生）になっていた。そこで茶の湯と出会い、武野紹鷗に弟子入りし、宗易とも知り合った。

二人は競うように精進したが、金に飽かせて名物を買い集める堺の茶人たちに嫌気が差したノ貫は、堺を飛び出して山科《やましな》の地に庵を構え、隠者として清貧生活を送ることにした。

「随分と痩せたようだが、山科の暮らしは厳しいのか」

「ははは」と、ノ貫が青白い月を見上げながら笑う。

「暮らしが厳しくとも、心は肥えている」

「おぬしは変わらぬな」

宗易も呆れたように笑った。

茶の作法や道具にこだわらず、自由な茶風を愛したノ貫は、手取釜一つで粥《かゆ》を煮て茶を喫するという豪気な茶人として名を馳せ、「一向自適（ひたすら自分の思った通りにする)」を標榜《ひょうぼう》し、真の侘数寄を追究した。その生き方は、ノ貫が言ったとされる「しばしの生涯を名利のために苦しむべきや(短い一生を名誉や金のために苦しんでどうする)」という言葉に貫かれていた。

「茶でも飲むか」

「いただこう」

宗易が四畳半の草庵を示すと、ノ貫は失笑した。

「まがい物が好きなおぬしらしい茶室だな」

「いいから入れ」

ノ貫は這いつくばるようにして、躙口に身を滑り込ませた。

急なので食事の用意ができず、餅だけ焼いて出したが、ノ貫は「これだけで十分」と言いながら餅にかぶりついた。だが歯がないためか、咀嚼《そしゃく》には時間が掛かる。

宗易は食事を済ませていたので、早速、風炉の炭手前を行った。

茶の湯では茶にかかわる作法を点前、それ以外を手前と書く。

「それにしても、随分と変わった茶室だな」

「何が変わっておる。ただの草庵だ」

「いや、これは草庵とは以て非なるものだ。つまり草庵を装っているだけのまがい物だ」

「わが作意を表しているのだ」

「作意だと。その裏に何かあるのだろう」

ノ貫は歯に衣着せぬ物言いをする。

「そんなものはない」

「いや、ある。おぬしは昔から真を見ようとしなかった。何事も斜めから物を見て、人と違う道を行こうとした。その思わせぶりな態度に、凡人どもは魅せられる。何とも愚かな者どもよ」

「それを言いに来たのか」

宗易が濃茶を置くと、ノ貫はその香りを犬のようにくんくんと嗅ぎ、一口で飲み干した。

「うまい。さすがに一流の茶葉を使っている」

「それで、何が言いたい」

宗易は丿貫を不快に思っていない。

「山科の庵に流れてくる風聞だけで、わしには、おぬしの思惑が読み取れる」

「何を聞き込んだ」

「おぬしが羽柴秀吉に取り入り、天下を動かそうとしておることだ」

宗易が笑みを浮かべたので、丿貫は嘲《あざけ》られたと思って色をなした。

「そうではないと申すのか」

「堺の一茶人が、天下を動かせるはずがなかろう。わしには一兵もいない」

「天下を動かすのに兵など要らん」

「さすがだな」

宗易が、呆れたように首を左右に振る。

「おぬしは、茶の湯の力によって傀儡子になるつもりだな」

それには答えず、宗易が問うた。

「まだ、濃茶を飲むか」

「もう一服いただこう。これほど高価な茶葉は久しぶりだからな」

再び点前を披露しながら宗易が言う。

「傀儡子とは面白いことを言うな」

「それ以外、何だというのだ。おぬしは秀吉に取り付き、秀吉を操り、この世を思うままに動かそうとしておる」

「戦のない静謐な世を作るためだ」

「それが商人や民の安寧（幸福）につながると言いたいのだな」

「そうだ。私利私欲からのことではない」

今度は、ノ貫が歯のない口を見せて笑う。

「嘘を申せ。おぬしは己の威権を確立するつもりだろう。そして己の認めた茶道具を、目の利かない武士たちに高く売りつけるのだ」

宗易が憤然として言い返す。

「わしは商人だ。茶道具を客の求める値で売るのは当然のことだ」

「わしは、そうした名物狂いが嫌で堺を飛び出した」

「それはおぬしの生き方だ。それに文句をつけるつもりはない」

「紹鷗宗匠が提唱していた真の侘は、清貧の中でしか見出せないはずだ。しかしおぬしは――」

濃茶に咽《せ》った丿貫が、苦しげに咳き込む。

「丿貫よ、わしは、おぬしの考えが間違っているとは思わない。だが、わしにも考えがある」

「分かっておる。それを言いに、ここまで来たわけではない」

「では、何を言いに来た」

丿貫が見えない片目で宗易をにらむ。

「このままでは、おぬしは死ぬことになる」

――死か。いかにも丿貫の言う通りかもしれない。

だが宗易にとって、死はたいした意味を持っていない。

――死は覚悟の上だ。

時の権力者に巣くうと決めた時、すでに肚《はら》は決まっていた。

丿貫が続ける。

「何事にも相通じるものだが、二人で何かを作り上げようとすれば、そのうち互いの距離が接近し、相手が煩《わずら》わしくなる。そして作り上げてきたものが完成に近づけば、次第にその大半を己一人で作った気になってくる。挙句の果ては、言わずもがなのことだな」

「どちらかがどちらかを食らう、と言いたいのだな」

ノ貫がうなずく。

「おそらく、そうなるであろう」

秀吉との関係がこのまま何の変化もないとは、宗易にも思えない。死ぬまでうまくいく可能性もあるが、明日にも破綻することもあり得る。

「ノ貫よ、わしももう六十四だ。この一身を、世の静謐のためになげうっても悔いはない」

「そういうことか――。それなら、わしは何も言うことはない」

「わしにそれを言うために、ここまで来てくれたのだな」

その問いには答えず、ノ貫は「では、行く」とだけ言って、躙口から出ていった。

道を違《たが》えた友がいつまでも元気でいてくれることを、宗易は祈った。

五

天正十三年（一五八五）三月二十一日、秀吉は十万余の大軍を率い、雑賀・根来一党を討伐すべく紀州に向かった。

一方の紀州勢は、雑賀・根来の両勢力や粉河寺《こかわでら》などの与同勢力を合わせても九千ほどにしかならず、その命脈は定まったも同じだった。

古くから紀伊国は仏教信仰が根強く、高野山《こうやさん》や熊野三山《くまのさんざん》はもとより、雑賀・根来の両勢力や粉河寺などが独自の領域支配を行い、大名勢力の「検断不入《けんだんふにゅう》（警察権の行使不可）」を保持していた。

実は前年、紀州勢は岸和田城を攻撃すると大坂に侵入し、大坂城下の一部を焼き払っていった。この攻撃は、秀吉が小牧・長久手合戦へ出陣した直後に行われており、紀州勢が家康・信雄連合軍と気脈を通じているのは明らかだった。

紀州勢の勢力圏に疾風のような勢いで侵攻した羽柴勢は、和泉国の畠中・千石堀・積善寺城《しゃくぜんじじょう》などを落とし、二十三日には根来寺を、翌日には粉河寺を焼き払った。

さらに雑賀に攻め寄せ、土橋一族ら反秀吉派の中心勢力を一掃した。

これを知った高野山金剛峯寺は降伏を申し出たので、焼かれることは免れたが、衆徒《しゅと》（僧兵）たちの持つすべての武器と、古くから、保有してきたあらゆる特権を取り上げられた。

残る雑賀の太田一族は、本拠の太田城を水攻めにされて降伏した。これにより紀州征伐は呆気《あっけ》なく終わった。


「こうして、そなたに茶を点てるのは、しばらくぶりだな」

宗易の問いに、りきが答える。

「あなた様から一客の茶事にお誘いいただいたのは、おおよそ二年ぶりかと」

「よく、覚えておるな」

「はい。女子《おなご》は日々に変わったことが少ないゆえ、楽しかったことは、よく覚えております」

「楽しかったことか」

「そうです。あなた様との茶事は、私にとって大きな楽しみです」

南の窓からぼんやりと差す日が、りきの顔の陰影を際立たせる。宗易は心底、それが美しいと思った。りきはすでに五十を過ぎているので、みずみずしさは若い女と比ぶるべくもない。だが宗易には、見た目だけではない美しさが見えるのだ。

「それが分かっていたら――」

流れるような手つきで点前を行った後、宗易が楽茶碗をりきの前に置く。

「もっと、こうした時間を作ってやればよかったな」

その白い指先で茶碗を持ったりきが、それを小さな口に運ぶ。

次の瞬間、「ああ」という吐息が漏れた。

「うまいか」

「あなた様の点てた茶です」

茶碗を置いたりきが唐突に問うてきた。

「あなた様に楽しみはございますか」

「わしにか」

しばし考えた後、宗易は言った。

「わしの楽しみは、美しきものを見ることだけだ。しかしここ数年、そうした機会も少なくなり、逆に醜いものばかり見せられる」

「醜いものとは」

「人の心よ」

宗易が「もう一服、喫するか」と目で問うと、りきは軽くうなずいた。

「人の心は、醜きものばかりではありますまい」

「いや、わしが接する者たちの顔には、野心、欲心、邪心といった醜きものが溢れておる」

「邪心――」

「そうだ。邪心とは、他人を陥れてでも己が上に行こうとする心のことだ」

「お武家様とは恐ろしきものですね」

宗易はうなずくと、りきの前に茶碗を置いた。

「二服目だが、少し薄くした」

「私の好みを、よく覚えておいでで」

「ああ、そなたはわが室だからな」

りきはうれしそうに微笑むと、ゆっくりと薄茶を喫した。

——りきは、わしを好いておる。わしも、りきを好いておる。

その極めて単純な心のありようが、何よりも大切なものであることを、宗易は知っていた。

「あなた様は、どこへ向かおうとしているのですか」

りきが宗易に問う。

「わしは、冷え寂びた独自の境地へと向かうつもりだ」

それを聞いたりきは、「やはり」と言って微笑んだ。

侘茶の始祖である村田珠光は、「茶の湯の行き着く先は『冷凍寂枯』の境地」と言った。

「それが見えてきましたか」

宗易が首を左右に振る。

「あなた様の目指す『冷凍寂枯』の境地に至るには、野心、欲心、邪心に溢れた者どもにも茶を点てる必要があると仰せなのですね」

りきは直截《ちょくせつ》だった。だが宗易は「それは違う」とは言えない。

——いかにも、ノ貫のように生きられれば、どれほど楽しいか。

だがそれは、己一個のために茶を点てる孤高の茶人のすることだ。

――ノ貫の茶は美しいものだけを濾過《ろか》しているにすぎない。それは、わしの茶とは違う。

美しいものも醜いものも併せてのみ込んだ果てにこそ己の茶があると、宗易は思っていた。

「お気を悪くなされましたか」

りきが心配そうに問う。

「いや、そなたの申す通りだ。だがわしは――」

宗易が語気を強める。

「茶の湯の力を試してみたいのだ」

「権勢に寄り添い、権勢を飼いならすおつもりですね」

「そういうことになる」

「それは、あまりに危ういのでは――」

りきが眉間に皺を寄せる。

「わしが命を失うと言いたいのだな」

「一つ間違えば――」

りきの瞳から一粒の涙が落ち、唐織の小袖の袂《たもと》を濡らした。

それを見た宗易は、あえて快活に言った。

「そなたは美しい。この茶碗もそうだ。だが醜きものを避けているだけでは、目指す境地にはたどり着けない」

「それが、あなた様なのですね」

りきの言葉に、宗易は「うむ」とだけ答えた。

六

大坂城内に満ちていた戦勝気分も一段落した五月末、宗易は山里曲輪の草庵で、秀吉と一客の茶事を行った。

和泉・紀伊二国を平定した秀吉は、これまで以上に自信に溢れていた。

「何ほどのこともなかったわ」

秀吉が喉を鳴らしながら茶を喫する。

「これも羽柴様の威徳によるものです」

「そなたまで追従を申すか」

秀吉が、まんざらでもないという顔で笑う。

「いえいえ、追従ではありません」

「では、皮肉で言っておるのだろう」

「そうお取りになられるのなら、それで構いません」

紀州征伐で、秀吉配下の武士たちが敵地にあるというだけで寺院や村を焼いたと聞いた宗易は、遠回しに諫《いさ》めようと思っていた。だが秀吉は、宗易の意図を見抜いていた。

「かつて総見院様は仰せになられた」

秀吉が急に話題を変える。

「『しょせん神仏などというものは人が作ったものだ。それに寄りかかり、民を脅かして寄進を得ている神官や坊主ほど、たちが悪いものはおらぬ』とな」

宗易が黙って二服目を点てる。

「わしも最初は畏れ多いことだと思った。いつか天罰が下るとも思った。そして天罰は下った」

秀吉が、猿楽に出てくる小飛出《ことびで》のように金壺眼を大きく見開く。

「羽柴様は、本能寺の一件を天罰とお思いですか」

「ははは」と言って手を叩いて笑った後、秀吉は真顔で言った。

「天罰など、この世にはない。総見院様は己で掘った穴に落ちられただけだ」

相次ぐ勝利と成功が信長の心に過剰なまでの自信を生み、その結果、自らの落ち度を顧みることがなくなった。その証拠に、上洛後だけでも、足利義昭、浅井《あざい》長政、本願寺、松永久秀、三好義継、富田《とだ》長繁、荻野直正（赤井悪右衛門）、波多野秀治、内藤定政、別所長治、荒木村重ら、いったん信長に属した有名無名の者たちが、次々と反旗を翻していた。

――そして最後は明智殿か。

信長は相次ぐ裏切りから何も学ばなかった。信長にとって常に己は正しく、間違っているのは裏切った者たちだった。

秀吉が声をひそめる。

「だが、総見院様がお亡くなりになられたおかげで、わしは天下人になれた」

「冥府で、総見院様はさぞお怒りでしょうな」

宗易が皮肉を言ってみたが、秀吉は動じない。

「わしは神仏など信じない。だから冥府もハライソもない」

だが宗易は気づいていた。

――神仏を頼らない者は己を頼るしかなくなる。つまりこのお方も、総見院様と同じ道を歩まれるだろう。

「羽柴様の覚悟のほどが知れました」

宗易が秀吉好みの赤楽茶碗を置いた。その中の茶は、ほどよく泡立っている。

秀吉は皺深い手で茶碗を持つと、うまそうに飲み干した。

「そなたは神仏を信じるか」

秀吉が核心を突いてきた。

「神仏は心の拠りどころ。その存在のあるなしを論じたところで詮なきことです」

「さすがだな」

秀吉が口端を歪《ゆが》めて笑う。

「だが、そなたはフロイスを脅かしたそうではないか」

「脅かしたわけではありません」

「だが、『茶の湯は神に勝てる』と申したとか」

「申しました」

「面白い」と言って、秀吉が歯茎をせり出すようにして笑う。

「茶の湯ごときが、万民がひれ伏すという南蛮の神に勝てると、そなたは本気で思っておるのか」

「神仏と茶の湯は比べられるものではありません。しかし己の信じるもののほかすべてを否定するキリシタンどもに布教を許せば、やがて耶蘇教は疫病のごとくこの国に広がり、神社仏閣どころか羽柴様の天下をも壊すことになるでしょう。この国の神仏は、キリシタンの教えを前にして何の力にもならぬはず。であるなら――」

「茶の湯が、耶蘇教の前に立ちはだかると申すか」

宗易がうなずくと、秀吉が膝を叩いて笑った。

「随分と大きく出たな。そなたは、やはりわしが見込んだ通りの――」

笑いを堪《こら》えるように一拍置くと、秀吉が言った。

「大法螺《おおぼら》吹きだ」

宗易は笑いもせずに点前を続けた。

しばらく黙した後、秀吉が問うてきた。

「もしもキリシタンどもに布教を許せば、わしの天下を覆されると思うか」

その言葉には、多少の不安が感じられた。それを覚《さと》った宗易は、さらに一歩踏み込むことにした。

「耶蘇教の力は、一向宗の比ではありません。命知らずの民によって、羽柴様の天下どころか、武士の世も終わりを迎えましょう」

秀吉の笑みが頬に凍り付く。

「源頼朝公の開いた武士の世が、耶蘇教の敷衍によって終わりを迎えるというのだな」

「はい。羽柴様が南蛮の王侯貴族たちと同じく、耶蘇教という傀儡子に動かされてもよいとお考えなら、話は別ですが」

秀吉が沈思黙考する。茶釜の中の湯が煮立つ音だけが、茶室を支配していた。

「総見院様は耶蘇教の恐ろしさを見抜いていた。だが、こうも仰せになられた。

『鉄砲の玉薬を制した者が天下を制する。玉薬は南蛮人にしか作れん。それゆえ南蛮人を駆逐することはできん』となｌ」

玉薬とは、硝石（焔硝）七割、木炭一・五割、硫黄一・五割を混ぜて造られる黒色火薬のことだ。

「仰せの通り。しかし玉薬を自前で作れるようになれば、その必要はないはず」

「もちろんだ。ということは、もう玉薬の心配はせんでも構わんと申すのだな」

宗易がうなずく。

これまでは、玉薬の原料の一つとなる硝石は国内で生産できず、入港時期も積載量も分からない南蛮船を頼りにせねばならなかった。すなわち鉄砲の普及に伴い、硝石を入手できるか否かが、戦の勝敗を左右するようになっていた。

ポルトガルやスペインの宣教師たちもそのことをよく知っていて、布教活動と抱き合わせで硝石の売買交渉をしてきた。すなわち硝石を入手するために、信長はキリシタンの布教を許していたことになる。

ところが堺の高三《たかさぶ》善右衛門隆世《りゅうせい》という国産火薬製造の専門業者が、試行錯誤を繰り返した末、硝石の大量生産を軌道に乗せようとしていた。

「では、もう少し辛抱すれば、キリシタンどもと手切れしてもよいのだな」

「おそらく」と答えて宗易が平伏すると、秀吉の鋭い声が聞こえた。

「そなたは、茶の湯以外のすべてを除くつもりだな」

――何という猜疑心《さいぎしん》か。

秀吉は相手の心を読むことに長《た》けている。それだけで、ここまで昇り詰めたと言ってもよい。

「滅相もないことです。そのような意図はございません」

「まあ、よい。わが天下では、人の心を支配する道具は茶の湯だけと決めている」

「よきお考えかと」

宗易が平伏する。

「ただし、人の心の内を支配する道具にすぎぬ茶の湯が、現世《うつしよ》を侵食してくれば話は別だぞ」

秀吉が白刃を突きつけるかのように言う。

「では羽柴様も、わが領分に立ち入らないと、お約束いただけますか」

「何だと――」

秀吉の声に殺気が籠もる。

「そなたは、わしに立ち入らせん領域を持つと申すのだな」

「はい。それが互いのためかと」

「そなたは、わしと対等の関係だと思うておるのか」

「対等かどうかなど、どうでもよいことです。大切なのは、このよき関係を長く続けられるかどうかです」

秀吉が押し黙った。

その沈黙は、何かを考えていることを示している。

――ここで引くわけにはいかない。

しばらくして、秀吉が「よかろう」と言った。その言葉には怒りが籠もっていた。

――これで「国分け」は決した。

だが宗易は、さらに茶の湯を確固たるものにしておきたかった。

「ありがとうございます。では、次の一手を打たせていただけますか」

「次の一手だと」

「はい。茶の湯をあまねく世に広めるための一手です」

「申してみろ」

宗易は威儀を正すと言った。

「この七月、羽柴様は関白に任官されると聞きました」

「さすがに早耳だな」

「私は商人ゆえ、早耳でなければ生き残れません」

秀吉が苦笑する。

「商人というのは抜け目ないの」

七月、秀吉は関白に就任する。現職関白の二条昭実《あきざね》が、秀吉から圭幣をもらい関白職を辞したからだ。だが関白は藤姓《とうせい》（藤原姓）でなければ就けない。そのため秀吉は豊臣姓を創姓し、朝廷に申請することにした。むろん多額の献金により、それが認められるのは確実だった。

「関白任官ともなれば、正親町《おおぎまち》帝と公卿《くぎょう》の皆様に任官の礼をせねばなりません」

「当たり前だ。欲の亡者どもに金銀を山ほど献上せねばならん」

秀吉がうんざりしたように言う。

「それだけでは無駄金となります」

「何が言いたい」

「茶の湯をあまねく広めるには、まず山の頂からかと」

「どういうことだ」

「正親町帝をお招きし、いや、御所内で御礼の茶事を催しましょう」

「そなたは正気か」

秀吉が高笑いする。

「あの連中は因習や前例にこだわり、茶の湯などという新しきものは嗜まぬ」

茶の湯は室町時代初期に流行り始めたもので、歴史が浅いわけではない。だが貴族社会にとっては、奈良・平安の昔からあるものだけに価値があり、それ以降の武士の世になってからのものは、すべて「新儀」として蔑《いやし》む風があった。

「果たしてそうでしょうか。かつて総見院様は、周囲が止めるのも聞かず正親町帝に『京御馬揃え』を観覧することを勧めました。当初、朝廷は難色を示しましたが、二度ほど押し返しただけで、結句、総見院様の勧めに従いました」

秀吉が真顔になる。

「今のわしなら、天皇に茶を献じることができるというのだな」

「はい。関白殿下には、総見院様を上回るお力があります。禁中での茶会を望めば、実現も夢ではありません」

まだ任官していないにもかかわらず、宗易は秀吉を関白殿下と呼んだ。

「そうか。わしは総見院様を上回ったのか」

秀吉は中空を見つめ、感慨深そうな顔をした。

信長の草履取りにすぎなかった秀吉が、信長以上の権勢を持つなど、本人にも信じられないのだ。

「今なら献金の薬も効いております」

「その通りだ。かような者どもは、薬が切れればまたほしがる。切れないうちに取れるものを取れるだけ取っておくべきだ」

「仰せの通り、鉄は熱いうちに打つべきです」

「よし、やってみるか」と言って、秀吉が座を立った。

この後、秀吉の意向を受けた者たちが朝廷工作に動き始め、禁中茶会は実現に向けて一歩一歩進んでいく。

七

秀吉の次なる狙いは四国だった。四国では、土佐一国から勢力を伸ばしてきた長宗我部元親が、全土を制さんばかりの勢いで領土を拡大していた。

秀吉は信長の方針を踏襲し、一貫して元親と敵対する道を選んできた。対する元親も、賤ケ岳合戦の折は柴田勝家陣営と誼を通じ、渡海して大坂を突く動きをしたため、秀吉は淡路島に抑えの兵を置かざるを得なかった。

六月、総司令官の秀長に率いられた羽柴勢は、安芸《あき》国から伊予国へと侵攻する毛利勢と連携し、四国に殺到した。その結果、讃岐《さぬき》・阿波《あわ》・伊予三国に広がる長宗我部方の防衛線を次々と突破し、長宗我部勢は各戦線で総崩れとなった。

七月、さしもの元親も降伏する。この戦いも、秀吉の強さばかりが際立つものとなった。

同じ頃、四国から戻ったばかりの古田織部が、堺にある宗易の屋敷にやってきた。

早朝だったので、宗易は家人たちを起こすと、まず織部に湯浴みを勧め、その間に会席（料理）の支度を命じた。

織部は大坂から馬を飛ばしてきたとのことで、朝風呂後の朝会になった。

「お久しゅうございます」

くぐり戸を開けて待つ宗易に、織部がその端整な顔をほころばせる。

「四国では苦労されたようですね」

織部が苦笑しつつ答える。

「戦そのものは、たいしたことはありませんでした」

「それは重畳」

母屋の陰となっているため、いまだ足元の暗い露地を進みつつ、二人は塀で囲われた脇坪の内から茶室の縁に面する面坪の内に出た。

宗易が「こなたへ」と躙口を示すと、織部がその狭い口に痩身を滑り込ませる。

いったん母屋に戻った宗易は、りきが下ごしらえした会席の味を確かめ、多少の手を加えると、それを茶室に運ばせた。朝食なので一汁三菜となる。

鮭の焼き物に舌鼓を打ちながら織部が語る。

「禁中茶会の件、聞きましたぞ」

宗易の箸が止まる。

「関白殿下は、もう皆様に、そのことをお話しされたのですね」

「はい。家中で知らぬ者はおりません」

宗易はため息をついた。禁中茶会は実現の可能性を探っている段階であり、朝廷が難色を示せば、そのやり取りだけで時間が掛かる。だが堪え性のない秀吉は、何かに執心すると、すぐにそれを口にしてしまう。

二人は苦笑するしかなかった。

「いずれにせよ、これで禁中茶会を催さねばならなくなりました」

「仰せの通り。さもないと、尊師は殿下の不興を買います」

「それは構いませんが――」

「そういうわけにはいきません。いかに殿下のお気に入りの尊師とはいえ、こうしたことが続けば、いつか遠ざけられます」

今井宗久などは秀吉の不興を買ったわけではないが、何となく秀吉とそりが合わず、遠ざけられていた。信長には宗易と宗及を凌《しの》ぐほど気に入られていた宗久だが、秀吉の下では、商人としての役割が主たるものとなっていた。

「で、首尾はいかがなものですか」

織部が遠慮がちに問う。その様子から、秀吉から「経過を聞いてこい」と言われたのは間違いない。

「今は菊亭晴季《はるすえ》様や勧修寺《かじゅうじ》晴豊《はれとよ》様を動かしておりますが、近衛信尹《のぶただ》様が反対しているようなのです」

左大臣の近衛信尹は、関白だった二条昭実との間で関白職について揉め事を起こし、その間隙を縫うようにして秀吉に関白職を奪われた。それ以後、秀吉に対して恨みを抱いていた。後に信尹は秀吉の不興を買い、薩摩国へと配流される。

「では、時間が掛かりそうですね」

「はい。そうなるでしょう」

「ちなみに殿下は、圭幣を惜しまないと仰せです」

――そういうことか。

人は金で動く。とくに収入を得る手段に乏しい公家たちは、競うように飛びついてくる。

「分かりました。近衛殿に多額の圭幣を渡します。おそらく承知するでしょう」

「では、殿下には『十分に手応えはある』とお答えしてもよろしいですね」

「構いません」

宗易が腹に力を込めて言う。

「ときに――」

織部の声音が緊張を含んだものに変わる。

「殿下から、向後は武と茶を表裏としていくと聞きました」

「そこまで、ご存じなのですね」

「やはり、そうでしたか」

織部の顔が曇る。

「織部殿は、いかに思われますか」

「いかにも茶の湯は武士たちの荒ぶる心を鎮め、殿下の天下を安んじるには好都合でしょう。しかし――」

「殿下と天下を分け合うことは難しいと仰せですな」

宗易が笑みを浮かべる。

「そうです。近頃の殿下を見れば、よほどうまく立ち回らないと、尊師のお立場が危うくなります」

――やはり秀吉も、信長と同じ道を歩んでいるのだな。

信長は連戦連勝を続けた挙句、その自信は際限なく大きくなっていった。

――その先に待っていたのは破滅か。

増長は油断を生み、油断の裂け目はどんどん広がっていく。

「関白殿下の勘気をこうむれば、尊師とて、どうなるかは分かりません」

「覚悟はできています。いつ死を賜ろうと、たかが茶人の命。惜しいことはありません。だいいち私は見ての通りの年です」

宗易は六十四歳になっていた。それを思えば、己の命を賭場に張ってもいい気がする。

「見事な心掛けです」

織部が感服したようにうなずく。

「しかし」と言って一拍置いた後、宗易は思い切るように言った。

「今は私の死よりも、わが死後を案じております」

「死後と仰せか」

織部の目が見開かれる。

「そうです。私が死して後、誰かが私の仕事を引き継いでくれなければ、すべては元の木阿弥です」

「尊師には、紹安殿や山上宗二殿という優れた弟子がおられるではありませんか」

宗易が首を左右に振る。

「かの者らには、茶人としての才覚はあります。茶の湯を伝えていくだけなら、十分にその任を果たせるでしょう。しかし殿下の影は務まりません」

「尊師はご自身の死後も、誰かをその地位に就けるつもりなのですね」

宗易がうなずく。

「茶の湯によって天下人を抑えていく仕事は、武家の世が続く限り必要でしょう」

「蒲生《がもう》殿や細川殿なら、武将として殿下の覚えもめでたい上、茶人としても優れています」

「お二人はすでに大身であり、殿下のお側で、その意を汲んだ茶を点てることはできましょう。しかし、お二人にできることはそれだけです」

この場合の「茶を点てる」とは、茶によって政治にかかわることを意味している。

「それだけでは足らぬと仰せなのですね」

「はい。お二人には、新たなものを生み出すことで、茶の湯に永劫の命を吹き込むことはできません。新たなものを生み出せなければ、人々の熱も収まり、茶の湯は武を抑える力を失います」

二人の茶人としての才能を高く買っている宗易だが、茶の湯のような文化は、常に新たな価値を生み出していける者が牽引しない限り、やがて廃れていく。

「つまり尊師は、新しき茶の湯によって権勢を持つ者に寄り添い、その権勢を操って世を静謐に導く者を、後継者に望まれているのですね」

「しかり」と答えた後、宗易は射るような視線で織部を見た。

「その役割を果たせるのは、織部殿しかおりません」

「何と、かような大役をそれがしに――」

「それは、ご本人が最もよく分かっておられるはず。時代の牽引者となる方の茶の湯は、ものまねではできません。独自の境地に至れる者だけがそうなれるのです」

「それがしに牽引者になれと仰せか」

織部の顔が引き締まる。

「織部殿、天下を静謐に導く傀儡子になって下され」

「尊師が背負っている荷を、それがしに背負えと――」

宗易が笑みを浮かべてうなずく。

「それがしには、荷が重すぎます」

「では、誰に背負わせますか」

織部が力なく首を左右に振る。織部ほどの者なら、冷静に己とほかの弟子の差が測れる。

――織部殿は茶人である前に武士なのだ。万が一、天下人の勘気をこうむれば、われら商人と違い、己はもとより妻子眷属《けんぞく》の命をも奪われ、一族郎党を路頭に迷わすことになる。

だが次の瞬間、織部の顔に笑みが広がった。

「尊師に点ててもらった茶は、最後まで飲み干さねばなりません」

「お分かりいただけましたか」

「はい。尊師とは別の侘を見つけ、それによって世を静謐に導きましょう」

「織部殿、よくぞ申された」

宗易は感無量だった。

「この仕事だけは、才ある者がやらねばなりません。天がそれがしに才を与えたのは、そのためでしょう」

宗易は威儀を正すと言った。

「織部殿にそう言っていただけるなら、もはや思い残すことはありません」

「過分なお言葉、ありがとうございます」

織部は涼やかな笑みを浮かべていた。

「どうやら長い旅路になりそうですな」

「そうかもしれませんが、そうでないかもしれません」

それがいかに危険な仕事か、織部も十分に分かっているのだ。

「織部殿、そろそろ茶にしませんか」

「そうでしたね」

織部が安堵したかのように体の力を抜く。

「まずは茶によって、お心を鎮められよ」

「そうさせていただきます」

「では」と言うと、宗易は手を叩いて従者を呼び、会席を片付けさせた。

この時から数十年後、織部は宗易が危惧した通りの最期を迎える。

八

秀吉が四国攻めをしている最中の六月、越中の佐々成政が反旗を翻した。これに対して秀吉は前田利家に成政の抑えを託し、四国攻めを優先させた。

そして八月、四国の長宗我部元親との間に和議が整ったことで、六万の大軍を率いて越中に出陣した。

これを聞いた成政は戦わずして降伏する。

かくして家康の外堀は次々と埋められ、家康は攻守同盟を結ぶ北条氏を除いて孤立無援となった。

さらに、この年、家康は神川《かんがわ》合戦（第一次上田合戦）で真田昌幸に後れを取り、さらに秀吉の調略により、刈谷城主の水野《みずの》忠重《ただしげ》、木曽《きそ》福島城主の木曽義昌《よしまさ》、家康股《こ》肱《こう》の石川数正《いしかわかずまさ》、元信濃守護職の府中小笠原貞慶《おがさわらさだよし》らが秀吉の許に参じてしまう。この結果、信濃国内の家康の勢力圏は、佐久・諏訪・伊那の三郡だけとなってしまった。

秀吉が軍事と外交に掛かりきりになっている間、宗易は禁中茶会の根回しに奔走していた。

閏八月二十七日には、菊亭晴季、勧修寺晴豊、前田玄以と共に小御所に伺候し、下見を行った。

そんな最中の九月八日、宗易は朝廷から「利休」という居士号を勅賜《ちょくし》される。居士とは出家をせずに修行を積む仏教徒の意味だが、宗易を天皇や高位の公卿の側近くで茶事に奉仕させるため、秀吉が周旋したのだ。

この利休という居士号には「利を（追求することを）休む」、すなわち商人としての宗易と決別し、茶人としての道を歩んでいくという覚悟が込められていた。というのもこの号は、宗易自身が考案し、朝廷が追認という形で下されたものだからだ。

以後、千宗易は千利休となる。

十月七日、禁裏内にある小御所菊見の間において禁中茶会（正式には献茶式）が催された。関白の礼装である黒の束帯をまとった秀吉は、まず常御所《つねのごしょ》に参内して正親町天皇、誠仁《さねひと》親王、和仁親王と一献の儀を執り行い、いったん下がって紫宸殿《ししんでん》において公卿たちと同じ儀を行った。その間、利休は宗及と共に小御所で茶事の支度を整えた。

秀吉が菊見の間に入ると、やがて天皇と二人の親王がやってきて茶事が開始された。この日のために、秀吉は道具をすべて新調し、茶入や釜には菊の御紋まで入れさせていた。

利休と宗及は次の間に控え、不都合が生じた時に参上するよう命じられていた。襖を隔てているので、二人には茶室の中の動きは分からない。だが不都合など起こるわけがないほど、利休と宗及の指導の下、秀吉は点前に精進してきた。

やがて沈黙の中で茶事がつつがなく終わり、「これにて」という声と、天皇と親王が去っていく衣擦れの音が聞こえた。

襖を隔てて、秀吉の小さなため息が聞こえる。

「大儀なことでしたな」

利休が声を掛けると、秀吉が答えた。

「ああ、気が張っていたので疲れた」

「よろしいですか」

「うむ」という返事が聞こえたので、利休は襖を開けた。

秀吉は胡坐《あぐら》座りになって扇子を開き、襟の内に風を入れていた。

「宗及、そろそろ公卿どものところに行ってやれ。利休は給仕を手伝え」

宗及は「ご無礼仕ります」と言って、公卿たちの待つ広間に向かった。

この日、秀吉は天皇と親王に、利休と宗及は公卿たちに茶を振る舞うことになっていた。公卿は人数が多いので、広間で台子の点前を披露するのだ。

利休が一礼して菊見の間に入ると、秀吉は天皇たちの使った茶碗を見回している。

「伊勢天目か」と秀吉が呟く。

「お気に召しませんでしたか」

伊勢天目とは、美濃産の天目茶碗の一種で今焼きだ。雑物ではないものの上物とも言えず、この茶碗を使った理由が、秀吉には理解できないようだ。

「どうして、これを使った」

秀吉が疑念をあらわにする。

「帝に献茶する際には、誰も口を付けたことのない今焼きが必要ですから、いくつか焼いたものの中から、形がいいものを選んできました」

「そうか。そうだったな」

秀吉が残念そうにしている。

「気に入りませんか」

「ああ、気に入らん。おかげで気の抜けたような茶の湯になってしまった」

「献茶の座で、名物自慢をするわけにもいきません」

「それは分かっている。だがな、わしは茶の湯によって帝を驚かせたかったのだ」

秀吉は何事にも人を驚かせ、賞賛の言葉を浴びたいという欲求がある。

「いかに名物でも、誰かの使った茶碗で、帝に茶を献ずるわけにはいきません」

朝廷では、臣下が天皇や皇族を饗応する場合、必ず新たな器を使うという仕来りがある。

「それは知っておるが――」

秀吉が寂しげに茶碗を眺めている。

確かに天皇や親王は、時の権力者の秀吉に抗えず茶の湯に付き合った感がある。この世の頂点を成す天皇が、下々の間で流行っている茶の湯なる新奇なものを自らも体験すること自体、屈辱に思っていたかもしれない。

「今頃、帝は失望しておられるかもしれん」

いかに趣向を凝らしたとて、ただ一度の茶事で、それに執心する者はいない。

利休は黙って茶道具を拭った。

「もしかすると、帝は親王らと『茶の湯とはさようなものか』と語り合うておられるかもな」

利休が手を止める。

「では、どうなされればよろしかったと――」

「今更、どうしようもない」

秀吉は口惜《くや》しげに伊勢天目を置いた。

――そうか。

利休の脳裏にある考えが浮かんだ。

「それでは新たな趣向で、もう一度、禁中茶会を催したらいかがでしょう」

「もう一度だと」

秀吉が鼻で笑う。

「そんなことが許されるはずあるまい」

「果たしてそうでしょうか。茶の湯とは一回限りのものではありません。新たな趣向を凝らせば、幾度となく行えるものです」

「それはそうだが――」

秀吉は少し考えた末に言った。

「もう一度やるなら、わしは帝を驚かせるような趣向を用意したい。何か面白き趣向はないか」

かつての秀吉は、何事も自分一人で考えてきた。その頭からは溢れる泉のように新たな発想が生まれ、自ら率先してその具現化に取り組んでいた。

――だが今はどうだ。

近頃の秀吉は、面倒なことはすべて誰かに任せようとする。

「此度は私が趣向を考えましたが、本来なら茶を献じる方が考えるべきです」

「何だと」

　秀吉が目を剝く。

「それが茶の湯というものです」

「それは分かっておるが――」

「殿下も、そろそろ己の侘を見つけるべき時かと」

「己の侘だと」

　秀吉が憎々しげに利休を見る。

「はい。いずれ茶人は己の侘を見つけねばなりません」

「わしは茶人ではない」

「いかにもその通りです。しかし茶人と同じ覚悟がなければ、帝に茶を献じることはできません」

　秀吉にも利休の言うことが分かるのか、顎に手をやって何事か考えている。

　――ここは押すべき時だ。

　秀吉を己の領域に踏み込ませないためにも、秀吉の侘がいかに通り一遍のものかを思い知らせる必要がある。

「侘とは『冷凍寂枯』を作意によって形にしたものです。茶人は己の侘を見つけ、それを目に見えるものとして提示していかねばなりません」

これまで茶の湯の作法は習得してきた秀吉だが、侘とは何かなど考えたこともないはずだ。そんな秀吉が突然、自らの侘を見つけることなどできようはずがない。

「つまりそなたは、わしの侘を見つけ出し、帝に披露しろというのだな」

「はい。それでこそ帝は驚き、真に茶の湯を好むことになりましょう」

「だが、帝を大坂城内の茶室に呼ぶわけにもいくまい」

「尤《もっと》もです」

帝を京からほかの地に行幸させるとなると、たいへんなことになる。

「だからといって、御所では趣向にも限りがある」

「そうした中で、何とかやり遂げるしかないのです」

利休が声音を強める。

「しかも名物は使えない」

秀吉は最近入手した曜変天目が使いたくて仕方がない。だが過去に誰かが使ったのは明白で、天皇に使わせるわけにはいかない。

曜変天目とは唐物天目茶碗の最高峰のもので、見込み（内側）に星紋や光彩が浮かんだ美しい逸品のことだ。

「茶碗は新たなものを焼くしかありません」

「では、どうする」

「それは、殿下がお考えになることです」

「おい」と言って秀吉が凄む。

「そなたは、わが茶頭だぞ」

「分かっております。しかし、私が茶を供するわけではありません。殿下の侘によって、帝に茶の湯の真の魅力をお伝えすべきでしょう」

秀吉は憤懣《ふんまん》やる方ないといった顔をしたが、利休の言うことにも一理あると覚ったのか押し黙った。

しばしの沈黙の後、秀吉が小さな声で言った。

「やってみよう」

「それがよろしいかと」

「そなたは菊亭や勧修寺を動かし、再度の禁中茶会を認めさせるのだぞ」

「はっ、承知いたしました」

その時、使いの者がやってきた。

「ご無礼仕ります。公卿の皆様が、この機会に利休様の点前を拝見したいと仰せになっています」

「ははは」と秀吉が笑う。

「宗及め、公卿どもの相手をするのに疲れ、そなたの点前がいかに素晴らしいか語ったに違いない」

「おそらく、そうでしょうな」

「行ってやれ」

「はっ」と言って利休が立ち上がると、秀吉の声が追ってきた。

「利休よ、わしもやるとなったら命懸けだ。そなたも同じだぞ」

振り向くと、秀吉の顔には、いつになく真剣な色が浮かんでいた。

九

秀吉の次なる攻略目標は九州の島津氏だった。

秀吉は十月二日付で、九州全土を制圧しつつある島津義久あてに書状をしたため、豊後《ぶんご》の大友宗麟《そうりん》と肥前の龍造寺政家《りゅうぞうじまさいえ》と和睦することを命じた。九州停戦令である。

この時、秀吉は細川幽斎と利休の連名で、島津家家老の伊集院忠棟《いじゅういんただむね》あてに同様の趣旨の連署状を出すことを命じた。秀吉としては、歌道と茶の湯という畿内文化を代表する二人から穏やかに諭すという体裁を取ったのだ。

この返書は十二月になってから、島津義久から利休あてに届き、生糸十斤の贈り物と共に「とりなし」を頼んできた。

これを秀吉に伝えると、秀吉も外交的に解決することに同意した。だが秀吉の提示した国分け案は、島津氏にとって承諾し難いものだったため、翌天正十四年（一五八六）早々、今度は細川幽斎あてに、その旨が伝えられた。

島津氏としては少し難色を示すことで、さらなる譲歩を勝ち取ろうとしたに違いない。ところが秀吉は憤慨し、九州侵攻作戦の計画を練るよう奉行に命じた。

それと並行し、利休は前田玄以を通して朝廷へ第二回の禁中茶会を申し入れていた。当初は「難しい」と言っていた菊亭晴季と勧修寺晴豊だったが、多額の主幣によって目の色を変えて朝廷工作に奔走した。

冬の茶は清新な冷気と共にある。手足も凍えるほどの寒い朝ほど、喉から胃の腑へと落ちていく最初の一服が、生きていることを実感させてくれるのだ。

そんな十二月半ばの早朝、利休の大坂屋敷に珍しい客がやってきた。

「再びそなたに相見《あいまみ》えることができるとはな」

一汁三菜の食事を終え、中立《なかだち》から戻った山上宗二は、床に置かれた「鶴の一声《ひとこえ》」という名の細口の花入を見つめていた。

「ご無礼仕る」と言いつつ宗二が座に着く。

「膳はいかがであった」

「はい。飯も汁も菜も、懐かしき尊師の味でした。口の中に残るその味を、蹲踞で洗い流すのが惜しいくらいです」

「そなたらしい褒め言葉よの」

弟子の中でも宗二の才は際立っていた。だが何事も直截に表現するので、それが誤解を生むことがある。そうした宗二の正直さは、政治と一体化しつつある茶の湯にとって危険なものだった。

――だが、それも茶人のあり方の一つなのだ。

利休の脳裏に、旅をすることで己の茶の湯を見つけようとする紹安や、すべてを捨て去ることで、侘の境地に達しようとする丿貫の顔が浮かんだ。

――宗二は宗二なりの茶の湯を貫こうとしておるのだ。

そんなことを思いながら、利休は炭を確かめ、茶釜を置いた。

「宗二よ、そなたは、また小一郎様（秀長）の許に厄介になっておるというではないか」

「仰せの通り。この十月から大和郡山に閑居しております」

「殿下の勘気に触れて追放の身となったにもかかわらず、そなたを受け容れてくれた前田殿（利家）の許を、なぜ辞したのだ」

宗二は弟子なので、つい利休も詰問口調になってしまう。

「私を受け容れていただいた前田様への恩義は、山よりも高く海よりも深いと心得ています。しかし前田様は殿下を憚《はばか》り、私に茶の湯を捨てさせようとしたのです」

利家は宗二を召し抱え、寺社関係の奏者の職を与えた。利家は宗二をあえて茶頭という立場で遇さず、吏僚として新たな人生を歩ませようとした。

むろん宗二が茶人のままだと、秀吉が気まぐれで茶を点てさせようとするかもしれない。その時、何かの拍子で再び秀吉の勘気をこうむれば、宗二の命はなくなるからだ。

「しかし私は、吏僚として生涯を送るつもりはありませんでした」

「何という恩知らずだ」

「いかにも恩知らずかもしれません。しかし私から茶の湯を奪ったら、何が残るというのです」

――その通りかもしれん。

宗二から茶の湯を取り上げることは、両腕をもぐに等しい。それは己も同じだ。

「それだけではあるまい」

だが利休は、宗二の真意を見抜いていた。

宗二が黙り込む。茶釜の中で沸き立つ湯の音が、ことさら大きく聞こえる。

しばらく何かを考えた後、宗二が「仰せの通り」とだけ言った。

「やはりそうか。そなたは危うい橋を渡るつもりなのだな」

宗二がうなずく。

天正十三年（一五八五）九月、秀長が百万石に加増され、大和郡山に移封されたという話を聞いた宗二は、かねての縁もあり、秀長に書状を書いた。その頃、百万石の格式に見合った茶頭を探していた秀長は、秀吉の承諾を得て、再び宗二を迎え入れた。

「私は小一郎様の傀儡子となり、この世を静謐に導きます」

元来、素直で穏やかな性格の秀長は、茶頭にしていた宗二と接していくうちに、次第に宗二に感化されていった。それまで秀吉に頭の上がらなかった秀長だが、次第に秀吉に諫言《かんげん》するようになっていく。しかし宗二が秀吉の勘気をこうむり、秀長の許を去らざるを得なかったため、秀長は元の穏やかな弟に戻っていた。

――小一郎様が再び諫言を始めれば、またしても宗二が小一郎様を感化し始めていることに、殿下は気づくはずだ。そうなれば宗二は、よくて追放、悪くて死罪に処される。

「宗二よ、そなたに傀儡子はできぬ」

「なぜですか。かつて私が小一郎様の茶頭を務めた時は、うまくいきました」

「だが、そなたは殿下に盾突き、小一郎様の許を去らねばならなかった」

宗二が横を向く。

「よいか宗二、己の感情に負ける者は傀儡子になれん。傀儡子は己を消し去り、気づかぬ間に相手と一体化していなくてはならん」

「それでは尊師は、殿下の傀儡子を全うできるのですか」

——それは分からない。

秀吉と利休の双方が互いの領分を侵さなければ、それも可能だ。だが秀吉には、己にないものを無性にほしがる性癖がある。

「わしは、行けるところまで行くつもりだ」

「では、尊師が関白の、私が小一郎様の傀儡子となり、二人でこの世を静謐に導きましょう」

宗二の顔が輝く。

「いや、死ぬのはわしだけで十分だ。そなたは几帳面で物を書きとめるのが得意だ。これまでの茶の湯の系譜や、わしが教えたことを書き残せ」

「私に、さような雑事をやれと仰せか」

「そうだ。このままでは茶の湯とは何だったのか、正しく後世に伝わらぬ。それを伝えていけるのは、わが一番弟子のそなたしかおらぬ」

すでに残り少なくなった茶釜の湯は煮え立ち、悲鳴を上げている。そこから沸き立つ湯気の中で、二人の男はにらみ合っていた。

「尊師のお言葉を書き残すことは、いつの日か必ずやり遂げます。しかし今一度、それがしにも傀儡子をやらせて下さい」

「そなたは死ぬぞ」

「覚悟の上です。このままぬるい茶を点てるだけの生涯を送るくらいなら、死んだ方がましです」

ぬるい茶とは、何の目的もなく何かを追い求めるでもなく、ただ楽しみで茶事にいそしむ茶人の点てた茶のことだ。堺にもそうした者は多くいるが、かねてから宗二は、そうした茶人を蔑んでいた。

「後悔はしないな」

「はい」と宗二が言いきる。

「分かった。だが万が一、わしのやっていることの邪魔になるようなら、わしはそなたを殺すやもしれんぞ」

「殺す、と仰せか」

　宗二の顔色が変わる。

「ああ、そなたが下手に出しゃばり、殿下を怒らせれば、わしが進めていることにも影が差す。その時は――」

「それがしを殺すと――」

　宗二が、肺腑を抉るような声で問い返してきた。

「それは物の喩《たと》えだが、わしが殺さずとも、殿下がそなたを殺す」

　宗二が鋭い眼光を向けてきた。

「その時は尊師の手で――」

「殺せと言うのだな」

「はい」

　二人の男が強い視線を絡ませる。

「分かった」と答えた利休は、声音を変えて問うた。

「茶でも飲むか」

「はい。よろしければ――」

　茶釜に水を足すと、利休が鮮やかな手つきで帛紗をさばく。

それを宗二が見つめる。

――どうやら、そなたもわしも畳の上では死ねぬようだな。

この不器用だが正直な弟子を、利休はこれほど愛しいと思ったことはなかった。

十

二回目の禁中茶会を明日に控えた天正十四年（一五八六）一月十五日、秀吉は政権内で茶の湯にかかわる者を呼びつけた。

今井宗久は体調がすぐれないと言って欠席し、津田宗及は明日の禁中茶会の準備で御所に行っているため不参加だったが、利休を筆頭に、蒲生氏郷《うじさと》、細川忠興《ただおき》、古田織部、高山右近、そして山上宗二といった面々が一堂に会することになった。

「そなたらに見せたい物がある」

そう言うと秀吉は立ち上がり、いずこかに向かって歩き出した。

「見せたい物、と仰せになられますと」

秀吉から一歩下がって歩く利休が問う。

「そなたは、わしに言った言葉を忘れたのか」

何のことかと利休が考えていると、秀吉が続けた。

「『帝に茶の湯の真の魅力をお伝えすべき』とわしに言い、突き放したのはどこの誰だ。わしは、その言葉を忘れてはおらぬ」

利休が歩を止める。そのため背後を歩いていた弟子たちも何事かと戸惑い、立ち止まった。

「思い出したか」

秀吉が肩越しに鋭い眼光を向けてくる。

「は、はい」

「わしは誰の知恵も借りずに命懸けで考えた。小御所という限られた空間で、わしの侘によって帝に茶の湯の真髄を味わっていただく。これほどの難題は総見院様でも命じられなかったわ」

秀吉が高らかに笑う。

一行は大坂城の長廊を歩き、いったん庭に出た後、月見櫓の脇を抜けて山里曲輪に向かった。ところが秀吉は、山里曲輪ではなく芦田曲輪に入った。

雨上がりの夕暮れ時で、西日が建物や樹木の陰影をはっきりとさせている。

やがて秀吉は宝物蔵の前で立ち止まった。

「しばし待て」

利休とその弟子たちは、宝物蔵から五間（約九メートル）ほど離れたところで足を止めた。

——何を見せるというのだ。

宝物蔵の観音扉には、西日が強く当たっている。それを意に介さず秀吉が命じる。

「よし、開けろ」

供侍が宝物蔵の鍵を開け、観音扉を左右に開く。

次の瞬間、まばゆいばかりの光が見る者の目を射た。

利休は目を細めて、そこにある物に焦点を合わせた。

「利休よ、これがわしの侘だ」

そこには、黄金《こがね》色に包まれた座敷があった。

——これが殿下の侘だと。

その黄金の座敷は夕日に照らされ、燦然《さんぜん》と輝いている。それは武野紹鷗や利休の唱えてきた侘とは正反対にあるものだった。

「これは侘ではない！」

宗二の声が空気を震わせる。それに驚いたのか、隣接する山里曲輪の樹林が騒ぐと、何羽かの烏《からす》が苦情のような声を上げながら飛び去った。

「ははは、そなたはそう言うと思った。それゆえそなたには、どうしてもこれを見せたくてな。わざわざ郡山から呼んだのだ」

秀吉の下卑た笑い声が神経を逆撫でする。

「殿下、これは尊師の教える侘ではありません」

宗二が利休に同意を求めるように喚《わめ》く。だが利休には分かっていた。

――寂びた茶室で古びた茶道具を使って茶事を行うことだけが、侘ではない。

武野紹鷗が唱えた侘は形あるものではなかった。だが次第にそれは形式化していき、茶室の建材には杉丸太や竹を用い、壁はすべて土壁で表面にはわざと藁《わら》を散らし、天井は一部を傾斜させるといった趣向が侘びだとされるようになった。

つまり、形式に堕しつつある侘の本質を、秀吉は思い出させてくれたのだ。

「利休、そなたは『胸内にわき立つ作意を現のものにすることこそ侘だ』と言ったはずだ」

「は、はい」

「これがわしの侘だ。そなたはどう思う」

「これは違う！　尊師、何か言って下さい！」

宗二の声が静寂の漂う芦田曲輪に空しく響く。

侘とは己の胸内の作意を具現化するものだと、利休は秀吉に教えた。それを受けた秀吉は、寂びた茶室や古びた茶道具という形式に堕した侘を否定したのだ。

――何と、恐ろしいお方か。

利休やその弟子たちはもとより、世の茶人たちの大半が形式に堕しつつあるのに、秀吉だけは侘の本質を見抜いていたことになる。

「これは――」と言って利休は一拍置くと言った。

「まごうかたなき侘でございます」

「そうであろう。そうに決まっている」

秀吉が鼻で笑う。だが宗二は収まらない。

「それは違う。尊師が教えてきた侘は――」

「宗二、黙れ！　そなたらは知らぬ間に形式に堕していたのだ」

その言葉に、そこにいた弟子たちも唖然として顔を見交わした。

「こんな醜いものが侘のはずありません！」

「宗二、そなたは下がっておれ！」

利休の叱声が飛ぶ。

「いや、こればかりは譲れません」

「そなたは師の命が聞けぬか！」

それでも何か言おうとする宗二に、秀吉の冷淡な声がかぶさった。

「これ以上、何か言えば首を落とす。下がっておれ」

秀吉の供侍が宗二の腕を取る。宗二は口惜しげに唇を嚙み、供侍と共に下がっていった。

「そなたらも、何か言いたいことはあるか」

秀吉の言葉に、四人の弟子が俯《うつむ》く。

「利休よ、わしは明日、この黄金の座敷を御所に運び、帝のために茶を点てる」

その座敷は組み立て式らしく、秀吉は分解して小御所に運び込むつもりのようだ。

利休は茫然として、その場に立ち尽くしていた。

「近くに寄って詳しく見るがよい」

五人の茶人が、黄金色に輝く茶室におずおずと近づく。

「座敷の天井、壁、柱、鴨居、障子の腰まですべて金にしてみた。茶道具もすべて黄金だ。尤も茶杓と茶筅だけは、茶の味が変わるといけないので竹製のままだが、茶碗は新たに焼かせて金で覆った」

黄金の眩《まぶ》しさに目が慣れてくると、細部がはっきりと見えてきた。

座敷は平三畳で、畳表には猩々緋《しょうじょうひ》が敷き詰められ、さらに明かり障子の骨と腰板には、真紅の紋紗《もんしゃ》が張られている。金具を付けた梨地の台子に風炉、円釜、飯桶形の水指、柑子口《こうじぐち》の柄杓立《ひしゃくたて》などの茶道具も、すべて黄金でできていた。

その黄金と真紅の奔流に、利休は眩暈《めまい》さえ覚えた。

「どうだ、利休」

何も言わない利休に痺《しび》れを切らしたのか、秀吉の方から問うてきた。

「殿下は――」と言って一拍置いた利休が、ため息とともに言う。

「己の侘を見つけられた」

「そなたは、わしを俗物と侮っておったな」

「滅相もない」

「いや、そうだ。わしは尾張の百姓の小倅《こせがれ》として生まれ、日がな一日、野良仕事に駆り出され、駄馬のように働かされた。村を飛び出してからも、日々の糧を得るために懸命に働く毎日だった。だがな、そうした日々であっても、わしの目は美しいものを美しいと感じることができた」

「美しいもの、と仰せか」

「そうだ。わしのような下賤《げせん》の者でも、美しいものを美しいと感じることができるのだ。雨上がりの街道筋を照らす一筋の陽光、草花に落ちた水の雫《しずく》の輝き、寒くて凍えそうな朝、晴天から降ってくる風花《かざばな》。多くの者は生きるのに精いっぱいで、こうしたものを何とも思わなかった。だがわしだけは、その美しさに酔いしれた」

「恐れ入りました」

利休には、ほかの言葉が見つからない。

「わしは、わしだけがそうした奇妙な感覚の持ち主だと思っていた。ところが、どうだ」

秀吉が五人を見回す。

「堺の商人らも、武士であるそなたらも、皆、美しいものを愛《め》でる心を持っていた」

五人に言葉はない。

「美しいものを美しいと思える心があれば、侘など容易に見つけられる」

「仰せの――、仰せの通りにございます」

利休は秀吉の才を見てしまった。

――殿下はその気にさえなれば、いつでもわしの領域に踏み入ることができる。

利休は衝撃を受け、身動きが取れなくなっていた。

――総見院様は不要となったものはすべて捨ててきた。

かつて信長は不要になったものは、人でも物でも惜しげもなく捨てた。秀吉もそうした考え方を多分に引き継いでおり、己に利休の代わりが務まると知れば、利休も捨てられるのは間違いない。

――つまり、これは終わりの始まりなのか。

それを覚った時、利休は愕然としたが、逆に清々しい気持ちになったのも確かだ。

「この利休、今日に至るまでの六十五年の生涯を通じ、かようなまでの侘を見たことはありません」

「そうか、そうか。潔く負けを認めたか」

「はい」

「現世の戦も、心の内の戦も、わしが負けることなどないのだ」

秀吉の勝利の高笑いが、末枯《うらが》れの芦田曲輪に響きわたる。それを聞きながら利休は、次第に終幕が近づいてくるのを感じていた。

翌十六日、二回目の禁中茶会が催された。黄金の座敷を見た時、帝と二人の親王は目を見開き、その美しさに見とれた。茶事は終始にこやかな雰囲気で行われ、帝と親王は極めて満足げな様子で、黄金の座敷を後にした。

続いて秀吉は公卿たちを招き、利休と宗及に点前をさせた。公卿たちも黄金の座敷には一様に驚き、言葉を尽くして褒めたたえた。

二回目の禁中茶会は大成功だった。

その目も眩《くら》むほどの黄金の奔流の中で、公卿たちに茶を献じながら、利休は新たな戦いの始まりを予感していた。

第三章

相克

一

堺の春は京よりも一足早い。町家の隅に咲く菜の花はその黄色を濃くし、瀬戸内海から吹いてくる生暖かい海風が、潮の香りを運んでくる。

「もう春ですね」

庭に咲く蔓日々草《つるにちにちそう》を示しながら、りきが言う。

縁に座して茶杓を削る利休は、手を休めて空を見た。

空は抜けるように青く、帯紐のような筋雲が無数に広がっている。

——来年の春も、こうして迎えられるだろうか。

利休の胸中を察したかのように、りきが問う。

「あなた様と、こうした春が、あといくつ迎えられますか」

「分からん」としか利休には答えられない。

「でも今は、こうして一緒にいられます。それだけでもありがたいと思わねばなりません」

それには何も答えず、利休は茶杓に目を落とした。

——この蟻腰はいい。

「此度の茶杓は、お気に召したようですね」

「ああ、櫂先は幅広で七三に傾いているのがよい」

「力強い折撓ですね。櫂先はこうでなければなりません」

「そなたも分かってきたな」

りきが恥ずかしそうに微笑む。

茶杓を空にかざして眺めていると、りきが問うてきた。

「黄金の座敷は、いかがでございましたか」

「ああ、そのことか」

利休が小刀と茶杓を置く。

「お話しされたくなければ構いません」

「いや」と言って、利休は考えた。

これまで様々な人から同じ問いを発せられ、利休は相手に合わせて答えを変えてきた。

さほど茶を嗜まない武将には賛辞を惜しまず、津田宗及のような一流の茶人には、細部を語ることで己の主観を交えなかった。

——だが、りきには何と語るか。

しばしの沈黙の後、利休が言った。

「黄金の座敷は、それを見る者の心のあり方次第で美しくもあり、醜くもある」

「心のあり方次第でございますか」

「ああ、しょせん侘とは、見る者の心のあり方がすべてなのだ」

あの時の宗二の顔が脳裏によみがえる。

——侘とは寂びた茶室に古びた茶道具という思い込みに、宗二は囚われていた。それがかの者の才の限界なのだろう。だが殿下は違った。

「つまり、侘に決まり事などないと仰せなのですね」

「そうだ。ただ侘は心のあり方、つまり作意を形にしなければならない。その形になったものを、どう受け取るかは見る者次第だ」

りきが帛紗の上に置かれた茶杓を手に取る。

「では、あなた様は黄金の座敷を、どうご覧になられたのですか」

「殿下は己の侘を見つけられた」

りきは少し驚いたようだ。

「それが、あなた様の見立てなのですね」

「そうだ。侘とは作意を経て形を成した後は、受け取り手次第なのだ」

「私は、侘とは『藁屋に名馬つなぎたるがよし』だと思ってきました」

村田珠光が言ったとされるこの言葉は、草生した草庵で、一点だけ持つ名物で茶を喫することが侘という意味だ。

「わしもあれを見るまでは、そうだと思っていた」

秀吉の痛烈な一撃は、今でも利休の胸の底に瘡蓋《かさぶた》のようにこびり付いている。

「あれは、何人たりともまねのできないものだ」

「つまり、殿下だけの侘と――」

「ああ、殿下は殿下の侘を形にした。それは孤高にいる者だけの侘であり、誰にもまねのできないものだ」

利休が己に言い聞かせるように言う。

「侘とは空しきものですね」

「空しきもの、か」

「はい。形として人に見せたとて、それだけのこと」

──それだけのことか。

利休は己の存在に想いを馳せた。

「もはや、あなた様のするべきことは終わったのでは」

「それが言いたかったのか」

りきがうなずく。

秀吉は黄金の甲冑《かっちゅう》に身を包み、利休の領国に押し入ってきた。それを利休は押しとどめる術もなく、白旗を掲げざるを得なかった。

「最初の一手はしてやられた」

「では、まだ戦うと──」

「ああ、現世の王に心の内まで支配されては、これほど息苦しいことはない」

「あなた様は──」

りきがため息をつきつつ言う。

「最後まで戦い抜くつもりなのですね」

その言葉に利休がうなずく。

秀吉との戦いが行き着くところまで行ってしまえば、待っているのは死だけだ。

――だが、死ぬことで得るものもある。

己の死は何かを生み出すことだと、利休は知っていた。

「負けて命を失ったとしても、代わりに得るものはある」

「それは何ですか」

「永劫の命だ」

「茶の湯が永劫の命を得ると――」

「そうだ。そして誰もが静謐を求めるようになる」

「そこまでして、世を静謐に導きたいのですね」

「茶の湯の力で世を静謐に導く。それが堺に生まれたわしの使命だ」

利休は商人であり茶人だからこそ、秀吉と渡り合える。同じ武士だったらそうはいかない。だが利休は己の後継者に武将茶人の古田織部を指名した。織部が武士であることをいかに克服するかは、織部に任せるしかない。

――それでも織部殿なら克服できる。

その時、少庵の声が聞こえた。

「ご無礼仕ります」

「どうした」

「高山右近様がお見えです」

「右近殿が――」

「お会いになられますか」

「もちろんだ。茶室に通し、炭を入れておいてくれ。わしは飯を作る」

利休は立ち上がると、若い頃と何ら変わらぬ力強い足取りで台所に向かった。

二

「まことにもって、よき午餐《ごさん》でした」

高山右近が、その怜悧な顔をほころばせる。

天文二十一年（一五五二）生まれの右近は三十五歳になる。摂津国人の家に生まれ、十三歳で洗礼を受けるほど敬虔なキリスト教徒の右近は、長らく荒木村重の寄騎として間接的に信長に仕えていたが、村重没落後は秀吉に誼を通じた。

以後、幾度かの合戦で功を挙げたことで秀吉の覚えもめでたく、前年の天正十三年（一五八五）には、播磨国の明石郡に六万石を与えられて大名の座に列した。

右近は清廉潔白にして人徳があり、キリスト教を信じることでは人後に落ちない情熱の人だった。

「粗餐でしたが、お気に召して何よりです」

何の前触れもない来訪だったので、一汁三菜しか用意できなかったが、右近は満足したようだ。

「では」と言って、利休が中立を促す。

外に出た右近が蹲踞で手水を使う音がする中、利休は床の軸を外し、竹製の花入に菜の花一輪を挿した。その間に半東《はんとう》が膳を片付ける。

半東とは亭主を手助けする者のことだ。

やがて右近が座に戻り、後入の茶事が始まった。

濃茶を一服した後、右近が興奮気味に切り出した。

「これから数年、殿下は己の天下を確かなものにすべく、各地に征討の兵を派すっもりです」

利休もそのことは聞き知っていた。

「九州、四国、東海、そして関東から奥州へと戦乱は広がっていきます」

利休は間を置くべく、薄茶を点てた。

「ありがとうございます」

薄茶を一服することで、右近は落ち着きを取り戻したようだ。

「今、最も殿下と親密に話ができるのは、弟君（秀長）と尊師しかおりません」

「そうかもしれませんが、私は政《まつりごと》の話をしません」

「たとえそうだとしても、尊師の言なら殿下は耳を傾けます」

「私に何をしてほしいと――」

右近の双眸《そうぼう》が光る。

「デウス様の教えがいかに尊いか、お伝えいただきたいのです」

「お待ち下さい。私はキリシタンではありません」

右近が無念そうに言う。

「それは承知しております」

「ではデウス様について、私にできることはありません」

利休は堺に生まれたので、幼い頃から南蛮文化には触れてきた。だが硬直的で排他的なキリスト教とは、どうしても肌が合わなかった。

「それでは、洗礼を受けませんか」

これまで幾度となく言ってきたことを、右近はまた言った。

「信じてもいない神に形だけ帰依するなど、それこそキリシタンの皆様が言う『冒《ぼう》瀆《とく》』ではありませんか」

「分かっています。それでもこの世を静謐に導くために、耶蘇教と茶の湯は手を組むべきだと思います」

――わしに茶の湯と耶蘇教の鎹《かすがい》になれというのか。だが呉越同舟《ごえつどうしゅう》が長続きした例《ためし》はない。

「尊師、この場は大局に立ち、衆生のためを思って下さい」

あえて右近は、「衆生」という仏教用語を使った。

「私は静謐な世の到来を常に願っています」

「それは知っています。しかし茶の湯だけで、それができるのでしょうか。茶の湯と耶蘇教が手を組めば、殿下を戦嫌いにすることもできるやもしれません」

「かの御仁を戦嫌いにすると――」

「そうです。われらが手を組めば、できない話ではありません」

「しかし日本国中がキリシタンとなった時、茶の湯は用済みとなるのではありませんか」

「何を仰せか。耶蘇教と茶の湯は、その大本《おおもと》が違います」

茶の湯と宗教が同じ次元で語り合えるものではないことは、利休も心得ている。

――だが、人の心の内を分け合うことになる。

「キリシタンの国で、茶の湯を栄えさせられると仰せですか」

「はい。それがしを見て下さい」

確かに右近は、キリシタン、茶人、大名という三役を見事にこなしている。

「分かりました。洗礼までは決心できませんが、この世を静謐に導くという一点において、手を組むことにいたしましょう」

「尊師、今はそれで十分です。互いに危機に陥った時、助け合うことで、家中に地歩を築いていきましょう」

右近が力強く言う。

利休は素早く利害を計算し、この話に乗ることにした。

「尊師、われらが手を組めば、殿下の専断（独裁）を抑えられます」

――それはどうかな。

秀吉がそんな単純な相手ではないことを、利休は十分に心得ていた。

三

二月下旬、聚楽第《じゅらくだい》の普請作事が始まった。

聚楽第とは京における秀吉の政庁兼屋敷のことで、場所は内野《うちの》と呼ばれる大内裏跡になる。

この普請作事では六万人余の夫丸が動員されたので、京の町に人が溢れ、半ば戦乱のような混乱が生じていた。

この頃、大坂でも大坂城の第二期の普請作事が始められていた。大坂城の第一期普請作事は、天正十一年（一五八三）九月一日から開始され、翌年八月に秀吉が本丸御殿に入ることで終了した。

第二期普請作事は、本丸地区を取り囲む二之丸の構築が目的で、聚楽第と同等の六万人もの夫丸が動員されたため、働き手を失った畿内や周辺の農村では、気候がよく豊作の環境が整っているにもかかわらず、農事に従事する者が不足し、餓死者が出る始末だった。

こうした事態に、利休は心を痛めていた。

――かの御仁を担いだのは間違いだったのか。

本能寺で信長が横死した後、利休は宗久や宗及と共に秀吉を天下人に押し上げるべく、財政的支援を行った。だが秀吉は次第に増長し、戦がなければないで、自分の威光を示す巨大な建造物を造りたがった。そのために駆り出された民は呻吟《しんぎん》し、商人も天下普請の名目で多額の献金をさせられた。

もはや秀吉は、秀吉以外の者にとって害毒でしかない存在となりつつあった。

三月十六日、イエズス会の日本副管区長のガスパール・コエリョが、供の者たちを従えて大坂城にやってきた。コエリョはすでに五十七歳という高齢で、布教責任者となっていた。

　コエリョらの歓待役には秀長が指名され、秀吉と共に大坂城をくまなく案内した。とくに秀吉は山里曲輪を自慢し、一行を御広間に案内して休息を取らせた。

　その後、二畳茶室で利休が秀吉とコエリョに、御広間に隣接する四畳半茶室で津田宗及が供の者たちに、それぞれ茶を点てることになった。

　二畳茶室で炭の具合を改めていると、外から石田三成の利休を呼ぶ声が聞こえた。

「はて、何でしょう」

「支度はできておりますな」

「はい。もう客人が参られますか」

「それを告げに来たのです」

　利休は外に出ると待合に立った。ところが三成は立ち去らず、警固の兵と共に傍らにいる。

「石田殿、これから茶事が始まります。かような者どもがいては、心落ち着いた茶事になりません」

　三成が目を剝く。

「それがしは、イエズス会士たちの警固役を仰せつかっております」

「ここは城内ではありませんか」

「城内でも万全を期すのが、それがしの仕事です」

——此奴は、仕事に忠実な己の姿を殿下に見せたいだけなのだ。

それに気づいた利休も意地になる。

「では、座敷の中で何かあればどうなさいますか」

「何か——、だと」

三成が利休に疑いの目を向ける。

「戯れ言です。お忘れ下さい」

「いや、聞き捨てならぬ一言。茶事を取りやめます」

「ご随意に」

利休と三成が言い争っている場に秀吉がやってきた。コエリョのために身振り手振りを交え、何かを伝えようとしており、その顔には笑みが浮かんでいる。

その時、秀吉の前に拝跪した三成が、「ここでの茶事をお取りやめ下さい」と言っているのが聞こえた。秀吉がその理由を問うと、三成は利休の方に顔を向けながら、先ほどの会話を繰り返している。

それを聞いている秀吉の顔が、次第に険しいものに変わっていく。

――賢いようでいて、愚かな御仁だ。

利休は、自分が賢いと思っている三成のような輩の不思議を思った。

――賢い者は賢いがゆえに、相手の気持ちに対する洞察を欠く。

次の瞬間、秀吉の叱声が飛んだ。

「そなたは、利休がわしを殺そうとしているというのか！」

「いや、そこまでは思っておりませんが、万全を期すべく――」

「取って付けたような忠義面は見たくない。あっちへ行っておれ」

三成は一礼すると、口惜しげに利休を一瞥し、兵を率いて去っていった。

「どうぞこちらへ」と、秀吉がコエリョを促す。

利休が笑みを浮かべてコエリョを迎える。

「よくぞ、お越しいただきました」

「お招きいただき、とてもうれしいです」

コエリョは元亀三年（一五七二）に来日し、その後の大半を日本で過ごしてきたので、日本語に堪能だ。

「こちらからお入り下さい」

利休が躙口を示すと、コエリョは驚いたような顔をしたが、素直に従った。

それに秀吉も続くかと思ったが、秀吉は立ち止まると利休の耳元で言った。

「石田をからかうな。あれはあれで役に立つ男だ」

「だとは思いますが、私はよく思われておらぬようです」

「だろうな。彼奴ら奉行どもは法の支配により、わが天下を固めようとしておる。それゆえ始終、『茶の湯は要らぬものです』などとぬかしておる」

秀吉は茶色く汚れた歯を見せて笑うと、躙口に身を滑り込ませていった。

――法による支配か。

これまで秀吉は、人格的主従関係によって大名たちを率いてきた。しかし世が安定するにしたがい、平等性が求められる。つまり、いつかは利休のような政権の制度外にいる存在を取り除き、すべてを「法による支配」に切り替えねばならなくなる。秀吉に何かを嘆願できる場である茶の湯も、法の支配にとっては邪魔なのだ。

――だが、法では人の心を支配できない。

それを秀吉も分かっているからこそ、先ほど三成を叱責したのだ。

座敷の中で、秀吉が何かを説明する声が聞こえる。茶道具の蘊蓄《うんちく》を語っているらしい。それを聞きながら、利休は茶立口に向かった。


秀吉の許しを得て胡坐をかいたコエリョが言う。

「とてもおいしい茶でした」

秀吉が満面に笑みを浮かべる。

「それはよかった。伴天連《バテレン》の方々の舌には合わないと思っておったが――」

「私は九州の大名たちの座敷で、何度か茶を喫しておりますので、少しは味が分かります」

「ああ、そうだったな」

コエリョは主に九州で布教活動に従事し、大友宗麟や有馬晴信といったキリシタン大名を生み出していた。

コエリョが改まった口調になる。

「殿下、いよいよ日本の平定が見えてきました。それが成った後、どうしますか」

「成った後か」

秀吉が苦笑する。利休は黙って薄茶を点てた。

「そなたらは、この国をキリシタンの国にしたいのであろう」

「はい。その通りです」

「そなたらが殊勝な態度を取り続けるなら、布教を許そう。だが一向宗のように、わしに歯向かったら容赦はせぬ」

「分かっています」

「では、もっと大きなものをやると言ったらどうする」

――どういうことだ。

一瞬、利休の手が止まる。

秀吉を一瞥すると、狡猾そうな目つきで利休を見ていた。

「大きなものとは何ですか」

コエリョがその青い目を輝かせる。

「唐土よ」

この時の大陸国家は明《みん》だが、日本では唐という古王朝の名で総称されていた。

利休が薄茶の入った茶碗をコエリョの前に置く。

いつもはきれいに弧を描いている茶の表面が、ひどく乱れている。それを、いかにもうれしそうに秀吉が見つめている。そんな二人の駆け引きに寸分も気づかず、コエリョが問う。

「ということは、明に攻め入るのですか」

「そうだ。わしは唐土の王になる。それを手伝えば唐土での布教を許す」

「それは本当ですか」

コエリョの顔色が変わる。

「ああ、本当だ。すでに着々と支度を進めておる」

――何ということだ。

秀吉の天下平定を助けることで、国内から戦乱の芽を摘み取ることに利休は力を尽くしてきた。だが秀吉の欲は際限がなくなり、日本を平定した後、明に攻め入るというのだ。

――この御仁は、わしの手に負えぬ。

だからといって、ここで匙《さじ》を投げるわけにはいかない。

「利休よ」

秀吉の冷めた声が聞こえる。

「そなたにも、キリシタンの弟子がいたな」

「高山右近殿のことですね」

「茶の湯とキリシタンの教えは矛盾しないようだな」

「はい。茶の湯などは慰みにすぎず、宗教と張り合うことはできません」

「だが、どちらも心に平穏をもたらし、世を静謐に導くものだな」

コエリョが「わが意を得たり」と言わんばかりに口添えする。

「その通りです。神の御心は人々に平穏をもたらし、この世から戦をなくします。つまり殿下の天下を安定させるために、これ以上のものはありません」

「聞いたか、利休。どうやら商売敵が現れたようだぞ」

歯茎をせり出すようにして笑うと、秀吉が真顔になって言った。

「わしは唐土を平定する。その時、唐土の民の心を平定するのは、耶蘇教と茶の湯だ。だが国内に耶蘇教は要らん」

「どうしてですか」

コエリョが不満をあらわにする。

「この国には仏教がある。何の役にも立たぬ坊主どもだが、巧みに民を懐柔できる。それゆえ、そなたらは大明国に向かえ」

コエリョがうなずく。秀吉の意思に逆らっても仕方がないと知っているのだ。

――ここからの舵取りは難しい。

秀吉はキリスト教という手札をちらつかせることで、人の心を支配する道具が茶の湯だけではないことを、利休に伝えようとしているのだ。

――さすがだな。

秀吉は秀吉で利休を侮っていなかった。むろん利休たちの狙いについても、薄々は気づいているのだろう。それでも利休らが分を守り、自分に利をもたらす限り、秀吉は利休と茶の湯を抹殺することはないはずだ。

しかし秀吉自らが茶の湯の権威となった時、秀吉は茶の湯を乗っ取り、利休を排除するに違いない。

――難しい戦いだが、やり抜かねばならん。

利休は顔色一つ変えず、次の点前に移った。

四

「まさか、そなたが戻ってくるとはな」

「どこかで野垂れ死にでもしているとお思いでしたか」

紹安の笑い声が茶室の壁を震わせる。

利休はため息をつくと、紹安の前に濃茶を置いた。

「では、いただきます」と言いつつ紹安が茶碗を取る。

「まさしく、これぞ故郷の味」

「鄙の茶とは何が違う」

「鮮度です。鄙の地の大名どもは金に飽かせて高い茶葉を買い求めますが、宇治に近い堺のようにはいきません。それだけでなく領主ごとに諸所に関を設け、そこを通る度に関銭を取るので、奥羽での宇治茶の値はここの十倍以上です。むろん海路でも津料が掛かるので、さして変わりません」

利休が紹安に問う。

「ということは、そなたは白河の関を越えたのだな」

「はい。此度は伊達殿の厄介になってきました」

紹安によると、北陸道を進み、前田利家、上杉景勝、伊達政宗、佐竹義重・義宣《よしのぶ》父子、北条氏政・氏直父子といった大名の許に厄介になりつつ、帰途に徳川家康の世話になったという。

「どれも名だたる大名衆だ。そうした方々に歓待されたということは、誰もが茶の湯に執心し始めているということだな」

「はい。殿下と父上の思惑通りに」

紹安が皮肉な笑みを浮かべる。

「茶の湯が、それだけ人を惹きつけるからだ」

「果たしてそうでしょうか」

紹安が意味ありげな視線を向ける。

「どこで何を聞いてきた」

「三河で」

雨が降り出したのか、松籟が激しくなる。

「三河殿か。それで何と仰せになっていた」

「使者を仰せつかりました」

それだけ聞けば、紹安の使命は明らかだった。

「なぜ、そなたに――」

「私が三河に参ったのはたまたまでしたが、三河殿は三河殿で、いかなる方法で関白殿下と誼を通じられるかを苦慮していたとのことです」

秀吉への手筋（外交窓口）はあっても、武士である限り奉行衆を通さねばならない。そうなると秀吉との間に幾重もの壁ができる。その点、紹安なら利休を通じて秀吉に直談判できる。

「織田中将を通せばよいではないか」

すでに信雄は秀吉に降伏し、今は家康に臣従を勧めていた。

「戯れ言はおやめ下さい」

今後、秀吉と家康の間では厳しいやり取りが続くはずで、その仲介役を信雄が担えるとは思えない。

「三河殿は、『今は宗匠を通すのが最もよい』と仰せでした」

紹安の前に薄茶を置くと、紹安はそれも一気に飲み干した。

「やはり父上の茶はうまい」

「どうでもよいことだ」

相手を小馬鹿にするような紹安の態度に、いつも利休は苛立ちを覚える。

「双方を橋渡しすることで衝突はなくなります。それが父上のお望みでは」

「そうだ。だが三河殿が歩み寄りを示さない限り、殿下は妥協せん」

「それは三河殿も承知しています」

「では、歩み寄るのか」

紹安が首を左右に振る。

「事は慎重を要します。しかも三河殿は石橋を叩いても渡らぬお方。しばしの間、私に殿下の意向を探ってほしいとのことなのですが――」

「まさか、そなたは三河殿の間者か」

「ははは。そうだとしたら、父上は私を殿下に突き出しますか」

「戯れ言もほどほどにせい！」

「父上」と紹安が真顔になって言う。

「この世を静謐に導くという宛所がある限り、父上は私を突き出せません」

——その通りだ。

利休が苦笑する。

「それを三河殿も見抜いているのか」

「かの御仁を侮ってはいけません」

「分かった。そなたを少庵と共に連れ回せと言いたいのだな」

「はい。まあ、少庵などはどうでもよいのですが——」

確かに仕事を遂行していく上で、少庵が邪魔になることも考えられる。

「致し方ない。だが紹安——」

利休の眼光が鋭くなる。

「わしが死を賜ることになったら、そなたも危うい立場になるぞ」

「それは重々承知。それとも父上は、子供可愛さから私を遠ざけますか」

「では、覚悟はできておるのだな」

「申すまでもなきこと。ただ少庵だけは——」

「分かっている。千家とりきのために、政に近いことからは遠ざけることにする」

「それがよろしいかと」

紹安がほっとしたようにうなずく。

——此奴は少庵を案じていたのか。

紹安が少庵を遠ざけようとしていたのは、少庵が邪魔だからではなく、利休と自分が浴びるかもしれない火の粉から守るためだったのだ。

——よき男に育った。

利休はうれしかった。

五

「それでは、御意を賜れると思ってよろしいのですね！」

四月五日、大坂城内山里曲輪の御広間で、僧形で赤ら顔の巨漢が秀吉に平伏した。

「宗麟殿、面を上げられよ。わしは、そなたのために島津を征伐するわけではない。帝から政を預けられた関白であるわしを、島津がないがしろにしたからだ。これは帝に対する謀反に等しい」

「ありがたきお言葉」

はるばる豊後の国からやってきた大友宗麟が、深く平伏する。

秀吉は島津義久に何通かの書状を送り、宗麟の領国への侵攻をやめるよう勧告していた。その外交を担っていたのが細川幽斎と利休だった。それでも島津義久は、大友領への侵攻をやめなかった。そのため宗麟は利休の勧めに従って大坂まで来て、秀吉に助けを求めた。

「どうだ。皆の者」

秀吉が列座する者たちを見回す。

この場には、羽柴秀長、宇喜多秀家、細川幽斎、前田利家、石田三成、安国寺恵瓊《あんこくじえけい》といった面々に交じり、末座に利休と紹安が控えていた。

「まことにもって不届き千万！」

利家が胴間声で怒鳴る。

「関白殿下の命に応じぬということは、帝に逆心を抱いているも同然」

利家に負けじと宇喜多秀家が言う。

「前田殿の仰せの通り、われらは幾度となく書状を島津に送り、矢留（停戦）を促してきました。ところが島津は、われらには平身低頭しておきながら、豊後で兵馬の儀に及んでおります。これは許し難いことです」

続いて僧形で茶人頭巾をかぶった老人が発言する。細川幽斎である。

「それがしが手筋となりながら、かようなことになり、慚愧《ざんき》に堪えません。この上は、わが倅の与一郎（忠興）を先手にご指名いただきたく――」

その言葉に安国寺恵瓊が反論する。

「九州への取次は、わが毛利家に任されております。こうした騒乱が九州で起こった際には、何を措《お》いてもわれらが、先手を務めるのが筋というもの」

毛利家の外交僧として頭角を現した恵瓊は、毛利氏を秀吉に従わせた功によって秀吉傘下の大名と同等に遇されていた。

「まあ、待たれよ」

秀長が穏やかな口調で言う。

「皆が申すことは尤もながら、いまだ戦うとは決まっておらぬ。まずは詰問使を送り、島津の兵を国境まで引かせるのが手順というものであろう」

「ははは」と秀吉が高笑いする。

「皆の意気が騰《あ》がっているのはよきことだ。しかし小一郎の申す通り、島津によく申し聞かせてからでも遅くはない。いまだわれらは、東海の徳川や関東の北条といった輩を威服させていない。戦わずして島津が頭を下げてくるならそれでよし。それでも不平を申したら――」

秀吉の眼光が鋭くなる。

「撫で斬りにすべし」

撫で斬りとは、敵対する大名や家臣だけでなく領民までも皆殺しにすることだ。

「お礼の申し上げようもありません」

宗麟が畳に額を擦り付けて感涙に咽ぶ。その嗚咽にうんざりしたかのように幽斎が言う。

「では早速、その旨をしたためた書状を島津に送ります」

「幽斎、それより誰かを遣わした方がよいだろう」

秀吉の言に宗麟が喜ぶ。

「そうしていただければ、島津も兵を引くに違いありません」

「だが幽斎は高齢の上、朝廷とのやり取りも任せているので京から離れられない。

そうだ利休、そなたが行け」

島津との戦いが防げるなら、それに越したことはない。利休が引き受けようとした時だった。

「その大役、私に申し付けていただけませんか」

突然、末座にいた紹安が申し出た。

「私は諸国を旅しており、島津家にも出入りしていたことがあります。それゆえ顔見知りもおり、使者にはうってつけかと」

傍らの三成が秀吉に何かを耳打ちする。

「ふむ、ふむ」と聞いていた秀吉は、即座に断を下した。

「よし、そなたに大役を任せよう。すぐに宗麟と九州に下向しろ」

「はっ、ははあ」

紹安が大げさに平伏する。

――そうか。この件で功を挙げ、殿下の覚えをめでたくする肚だな。

利休は紹安の胸の内を察した。

「利休、それでよいな」

「はい。わが息子でよろしければ」

「よし、これで決まった」

秀吉が膝を叩く。

「では振舞の前に、この城を宗麟殿に案内して進ぜよう」

「えっ、まさか殿下にご案内いただけるのですか」

「そうだ」

宗麟が再び深く平伏する。

「これほどの栄誉はありません」

「せっかく遠いところを来たのだ。せめてものねぎらいだ」

そう言うと秀吉は立ち上がり、矢継ぎ早に指示を出した。

「利休、宗麟殿を黄金の茶室にお招きしろ」

「小一郎、夕餉《ゆうげ》は、そなたの屋敷がいいだろう」

「佐吉（三成）、島津攻めの策配や陣立てを残る者らと詰めておけ」

「では、行こう」と言って秀吉が宗麟を従えて歩き出す。その背後を一歩下がって利休が続いた。

この後、秀吉は宗麟を黄金の茶室に招いた。まず利休が、その後に秀吉が茶を点てたので、宗麟は大いに恐縮し、その点前の見事なことを称賛した。

続いて秀吉は宗麟を天守に導き、秘蔵の茶壺が飾ってある五つの部屋を順に見せて回った。第一の部屋には「四十石」、第二の部屋には「松花」、第三の部屋には「佐保姫」、第四の部屋には「撫子《なでしこ》」、第五の部屋には「百島」といった名物が飾られている。

この時、「四十石」と「撫子」は利休が、「松花」は津田宗及が、「佐保姫」は今井宗薫《そうくん》（宗久の息子）が、「百島」は紹安が、その由来や持ち主の変遷を説明した。

利休以外はその部屋で一行を待ち、説明を終えると同行せず、その場にとどまった。つまり利休だけが宗及をも凌ぐ別格の扱いとなったのだ。

その後、秀吉との会談を終えた宗麟は、秀長の屋敷で夕餉の饗応を受けた。

秀長が「内々の儀は利休に、公事の儀はそれがしに」と宗麟に言ったのは、この時のことだ。

つまり表向きの件は秀長に、個人的なこと、すなわち秀吉に何かをお願いしたい時は利休を通すようにという謂だ。

これにいたく感動した宗麟は、「当未（今と将来）とも、秀長公、宗易（利休）へは深重隔心なく、御入魂《ごじっこん》、専一《せんいつ》に候」と書き残している。

つまり宗麟は、「これからも、秀長と利休との行き来（通好）を絶やさず、とにかく親しくすることだけを考えていきたい」というのだ。

翌日、宗麟は紹安を伴って西に去っていった。

宗麟の出発が慌ただしかったこともあり、利休は紹安と語り合う機会を持てなかった。だが紹安が「静謐を導く者」として己の後に続こうとしていると分かり、利休は心底うれしかった。

六

四月十五日、秀吉に呼び出された利休は、本丸御殿の対面の間に伺候した。

「そなたは、よき息子を持った」

秀吉の言葉には、多少の羨望が含まれている。

「至らぬ息子ですが、ようやく物事をわきまえられるようになりました」

「そのようだな。父の才を引き継いでおるわ」

「過分なお言葉、痛み入ります」

「東も西も紹安に任せておけ、ということか」

秀吉が高笑いする。

――西は分かるが、東とはどういうことか。

利休は腑に落ちない。

「やはり知らなかったようだな。己の父にも言わぬほど、紹安は口が堅い」

「いかなることで」

「紹安は家康からの書状を託されておった」

やはり紹安は、家康から仲介を頼まれていたのだ。

小牧・長久手の合戦以降も、秀吉は家康との決戦を覚悟していた。だがある事情から、当面は和睦した上、臣従を促すという方針に切り替えざるを得なくなった。

その事情とは、前年の十一月に畿内に大地震が発生し、その復旧に時間が掛かることが判明したからだ。世に言う天正大地震である。

しばらくの間、家康との軍事衝突を避けねばならなくなった秀吉は、すでに秀吉に臣従している織田信雄を介し、家康に和睦を打診した。

ところが家康は、おいそれと和睦できない立場にあった。というのも同盟している北条氏とは「秀吉と敵対する」という外交方針で一致しており、北条氏を裏切るわけにはいかないからだ。

家康と北条氏政の直接会談は、三月八日と十一日の二回にわたって行われ、家康は秀吉との和睦を北条氏に認めてもらう代わりに、「北条氏との同盟も継続する」という約束をした。つまり秀吉が北条氏を討つことになった時には、家康が仲立ちするというのだ。これにより家康側も和談の態勢が整った。

「それでも家康はしたたかだ。和睦したいなら証人（人質）を送ってこいと言ってきたわ。そんなことを、わしは受け容れるつもりはない」

「仰せになることはご尤もですが――」

利休が言葉を濁す。

「そなたは、わしが小牧・長久手で戦に負けたと申したいのであろう」

「さようなことは申しません」

「いや、『負けたのだから、少しくらいは譲歩しろ』と顔に書いてあるわ」

秀吉は相変わらず、相手の心中を読むのに長けている。

「だが考えてもみよ。昨年一年間で勝敗は逆になったわ」

秀吉は調略戦での一方的勝利を主張した。

確かに徳川家中に重きを成していた石川数正をはじめ、傘下国人の水野忠重、木曽義昌、小笠原貞慶らが秀吉の許に参じたことで、秀吉と家康の力関係は一変した。

――相手が強ければ調略に切り替えて相手を追い詰める。それが秀吉のしたたかさなのだ。

その点では、秀吉は信長のはるか上を行っていた。

「それゆえ、家康も苦しい立場よ」

「しかし殿下、こちらから何らかの譲歩をしないと、三河殿は詫び言など言ってはきますまい」

秀吉が不機嫌そうに横を向く。それだけ地震は、秀吉の領国に深刻な損害をもたらしていた。

「それで、そなたの知恵を借りたいのよ」

「ははあ、そういうことでしたか」

すでに利休の頭は、めまぐるしく回転していた。

――家康は証人を送らなければ和談に応じないだろう。一方の秀吉は証人を出せば面目がつぶれる。では、どうする。

そこまで考えたところで、利休に妙案が浮かんだ。

「確か三河殿には、正室がいなかったはず」

「ああ、そうだが」

かつて武田方に通じた疑いで正室の築山殿《つきやまどの》を殺して以来、家康の正室の座は空いていた。

「では証人ではなく婚姻ということにして、肉親のどなたかを嫁に差し出してはいかがでしょう」

「それは、よき考えだが――」

秀吉がため息交じりに言う。

「わしに手駒がないのは知っておるだろう」

秀吉には、こうした場合に手駒として使える娘がいない。

「そうでした。では、どこぞの娘か若後家を養女にしてはいかがでしょう」

「にわか養子など、家康が受け容れるはずがあるまい」

秀吉と血のつながりのない者を養女として家康に嫁がせたところで、証人の役割は果たせない。

利休と秀吉が同時にため息をつく。

――だが肉親なら、納得するかもしれない。

秀吉の子でなくても血のつながりがあれば、家康は受け容れる可能性がある。たとえその者に秀吉の愛情がなくても、見捨てれば信望を失うからだ。

「殿下の妹君は、すでに嫁いでおりましたな」

「旭のことか。もちろん嫁いでおる」

秀吉の妹の旭は、すでに嫁いでいる上、四十四歳という高齢だった。

「確か夫君は、佐治《さじ》日向守殿でしたね」

「いや、先年、日向が死んだので、副田甚兵衛《そえだ》に再嫁《さいか》させた」

「ははあ。頑固者の副田殿だと少し厄介かもしれませんな」

「そなたは何を考えている」

秀吉の金壺眼が落ち着きなく動く。

「この場は、背に腹は替えられません」

「いかにわしでも、そこまでは無理だ」

秀吉が激しく頭《かぶり》を振る。

――わしとて、かように酷いことをやりたくない。だが、ここで双方に歩み寄りさせるには、その手しかないのだ。

和睦や同盟は、その機運が盛り上がった時に一気に進めないと、双方に疑心暗鬼が生じ始め、逆に関係が悪化する。

「では利休、そなたは旭を嫁に出せば、三河殿を連れてこられると申すのだな」

「大坂に三河殿を連れてこいと仰せか」

「そうだ。ここに連れてきて臣従を誓わせるのだ。さすれば、まだ頭を下げてきていない諸大名も、こぞって駆けつけてくるわ」

「それはご尤もながら――」

和睦や対等の同盟を飛び越し、臣従させようという秀吉の発想の飛躍に、利休は戸惑った。

「一刻も早く臣従させるのだ。さすればわしは、すぐに九州に行ける」

——それが本音だったか。

秀吉の本音は家康を臣従させて後顧の憂いをなくし、九州に下向して島津を征伐したいのだ。

「しかし、いくらなんでも臣従までは——」

「やはり、そなたでも無理か」

わざとらしく落胆する秀吉に、闘争心がわいてきた。

「では、大坂に連れてきて臣従させればよろしいので」

秀吉の顔色が変わる。

「そうだ。それができるか」

「今は何とも申せませんが、この頭を絞れば、知恵がわいてくるやもしれません」

「そうか、そうか。さすが利休だ」

秀吉が膝を叩かんばかりに喜ぶ。

「ただし、三河殿が何らかの条件を付けてくるやもしれませんぞ」

「おそらく、そうだろう」

「その時、それをのむものまぬも、私に任せていただけますか」

「つまりそなたが、わしの名代を務めるというのか」

名代は単なる使者とは違い、こうした際には交渉権と決定権を持つ。

「はい」と言って平伏する利休の耳に、秀吉の高笑いが聞こえてきた。

「ははは、商人が関白秀吉の名代か。そいつは面白い。よかろう。そなたに任せる」

「ありがとうございます」

「だが、その前に旭の件だな」

「仰せの通り」

「そなたは甚兵衛と顔見知りだったな」

嫌な予感が背筋を走る。

「いかにも、何度か茶を点てたことはありますが、わが弟子というわけでもなく、さほど親しく行き来しているわけではありません」

「ははは、早々に陣構えを整えたな」

利休の張った防衛線を、秀吉は難なく乗り越えてきた。

「そなたが言い出したことだ。そなたから甚兵衛夫婦に申し聞かせよ」

「何を仰せか。甚兵衛殿のご内室である旭様は、殿下の妹君であらせられます。殿下からお話しいただくのが筋というもの」

「旭は父が違う上、年が六つも離れている。十代で佐治日向に嫁いだので、口を利いたこともほとんどない」

天正四年（一五七六）、秀吉が長浜城主だった頃、旭の夫の佐治日向守が亡くなったので、秀吉は独り身だった甚兵衛に旭を嫁がせた。甚兵衛はさほど有能ではなかったが、妹婿なので、今は但馬《たじま》国に二万石を与えられている。

「だが考えてみれば、惜しいことをした」

秀吉には身寄りが少なく、旭も大切な手駒の一つだった。しかし当時、旭はすでに三十四歳で、いつまでも手駒として取っておくわけにもいかなかった。

――ここは天下を静謐に導けるかどうかの切所だ。旭様、お許し下さい。

利休は会ったこともない旭に心中で詫びるや、思い切るようにして言った。

「承知しました。古びたる茶壺に、銭一万貫の値を付けてきます」

銭一万貫とは二万石に相当し、現代価値に直すと約十億円になる。

「ははは、さすが利休だ。面白いことを言う。そなたは、そうやって私腹を肥やしてきたのだな」

しばしの間、蔑むような笑いを浮かべていた秀吉が真顔になる。

「よし、古びたる茶壺に十万貫の値を付けてこい」

「では、甚兵衛殿に十万貫を払うと言いますか」

「いや、金銭の授受は彼奴の矜持《きょうじ》を傷つける。そうさな――」

しばし考えた末、秀吉が言った。

「但馬国内に五万石加増すると甚兵衛に伝えよ」

「それは過分な――」

「二人の夫婦仲は悪くないと聞く。それくらいしてやらんと甚兵衛に気の毒だ」

誰かに物をやる時、秀吉は惜しまない。その気前のよさで、のし上がってきたと言ってもよい。

――心を鬼にせねばならぬな。

利休は覚悟を決めた。

翌日、副田甚兵衛の屋敷に出向いた利休は、このことを甚兵衛に告げた。

甚兵衛も戦国の世を生き抜いてきた武士だけあり、さすがに肚だけは据わっていた。話を聞くや、その場で承諾すると旭を呼んだ。

突然のことに旭は動揺したが、すぐに冷めた顔をしてうなずいた。

――覚悟ができていたのだ。

旭は己の身が己のものではないということを、よく心得ていた。

だが甚兵衛は、五万石の加増を固辞した。

「妻を差し出す代わりに五万石を得たとあれば、もうそれがしは、男として生きていけません」

それが理由だった。しかもすでに持っていた二万石をも返上し、どこかに隠居したいという。その覚悟のほどを聞いた利休は感服し、隠居料二千石を給することで話をまとめた。

四月二十三日、使者が三河国に下向し、このことを家康に告げると、家康にも否はなく、その場で結納が取り交わされた。

そして五月十四日、旭が三河国の岡崎に輿入れし、「御婚の儀」が執り行われることになる。

利休の手際のよさに、秀吉はもちろん、周囲は瞠目するしかなかった。

七

五月、旭姫が家康の許に輿入れすることになった。その華やかな行列の中に利休もいた。利休は茶の湯を家康の領国にも浸透させ、三河武士たちの荒ぶる心を鎮めたいと思っていた。

十四日、滞りなく婚礼の儀が執り行われた。利休の権勢を知る家康は最上座に利休の座を設え、下にも置かないほどのもてなしぶりだった。信長健在の頃から利休と家康は顔見知りだったが、親しく会話をするのは、この時が初めてとなる。

翌日、家康の書院に案内された利休は、家康やその家臣たちを相手に大寄せを行った。すでに紹安や都下りの茶人たちが三河国を訪れており、利休の流行らせた大寄せも、同じ碗で飲み回す吸茶も、彼らは知っていた。そのため和やかな雰囲気で茶事は進んだ。

家康の家臣たちは噂に聞くほど無粋でも無骨でもなく、それなりの礼法を知る人々だった。家康も、よくいる田舎大名のような傲岸不遜なところは一切なく、謙虚で控えめな人物に思えた。

大寄せが終わった後、家康から「一客の茶を所望したい」という申し出があった。

むろん利休は、それが重大な意味を持つものだと心得ている。


侘茶、すなわち「侘数寄」は、畿内を出ればさほど広まっておらず、地方の大名家の大半は、いまだ書院の違い棚に古びた茶道具を飾り、台子を出して唐物天目で濃茶を喫していた。ところが家康は、岡崎城内に草庵を造っていた。

――これは新築か。紹安の宰領（指導）だな。

岡崎城内の庭園の一角にひっそりと佇《たたず》むその茶室は、古材などを使って侘びた風情を醸し出していたが、新築なのは一目瞭然だった。

――もしや紹安は、わしがここに来ることを想定し、この座敷を造ったのか。

そう思えるほど、それは利休形《なり》（好み）だった。

――だが紹安も、まだまだだな。

何事にも完全を期す利休には、どうしても粗が見えてしまう。

その茶室は柿葺き切妻造りで、躙口の上と左手に下地窓が付いていた。今様（当世風）を取り入れてはいるが、外の樹木を植えた位置が悪いのか、採光がよくない。

——樹木の種類や植える位置まで、紹安は指示しなかったのだ。

「いかがですかな」

利休が黙っていると、家康が不安げな顔で問うてきた。

「よき設えかと」

「天下の宗匠に、さよう仰せになってもらい安堵しました。かような鄙の地です。どのような座敷が今様か頭を悩ませておりました」

「その時、紹安がやってきたのですな」

「はい。お察しの通り、紹安殿にこの地に立ち寄っていただけたので、縄を書いてもらいました」

「至らぬ息子ゆえ、無礼はありませんでしたか」

「いえいえ、さようなことは全くありませんでした。あれだけ立派なご子息をお持ちの宗匠が羨ましい」

その言葉がお世辞ばかりでないことは、家康の誠意溢れる態度から明らかだった。

「そう仰せになっていただけると、肩の荷を一つ下ろした気になります」

家康の笑い声がする中、利休が躙口に身を滑り込ませる。

――いかにも今様だな。

茶室の内部は三畳台目で、客座の上の方だけ蒲天井《がまてんじょう》にしてあるのも利休好みだ。天井には竹を組ませ、土壁には藁が散っているので、田舎家の風情が見事に醸し出されている。

――土壁が暗すぎる。

壁に泥を塗る時、土がうまく下地になじむように藁を混ぜるのだが、それを農家のように粗壁のままにしておく「すさ」という仕上げ法を、利休は今様として流行らせた。それが紹安ら旅の茶人たちによって各地に伝えられていた。

ただし畿内と三河国では土質に微妙な違いがあるためか、やや暗すぎるように感じられる。

――材の使い方は申し分ない。

床も土壁造りで、床柱は赤みを帯びた杉丸太にし、框《かまち》や落掛《おとしかけ》といった横材には、荒々しい節を見せた桐を配している。

——わが息子ながら上出来だ。

定型に則りながらも、杉丸太の縦線と桐の横線が、互いに譲らない緊張感を醸し出している。

そこに利休は紹安の作意を見た。

やがて一客の茶事が始まった。

まず家康が亭主として正客の利休を出迎え、点前を披露する。

家康には名物収集の趣味はないと聞いていたが、床に虚堂の軸を掛け、さりげなく茶入に「朱衣《あけのころも》肩衝」を使うあたりは、なかなかの作意を感じさせる。

続いて主客が入れ替わり、利休が点前を披露した。

濃茶から薄茶に移り、二人の会話にも打ち解けた雰囲気が漂ってきた。

「殿下のご機嫌は、いかがですかな」

「此度の婚礼が成ったことで、とてもお喜びです」

「そうでしたか。些細な行き違いから一時はどうなることかと思いましたが、事なきを得て安堵しております」

それが、どこまで本音なのかは分からない。

「ときに宗匠は、殿下から全権を委任されておるのですな」

いよいよ家康が本題に入った。

「はい。名代の受命書（辞令）はここに――」

利休は懐から文書を取り出し、家康に一読させる。

「この花押は間違いなく殿下のもの。これで宗匠のお立場が分かりました。それにしても――」

「商人が名代で驚きましたか」

「いえ、そういう謂ではありませんが――」

「殿下は適任と思えば、釜焚きの爺であろうと水仕所《みずしどころ》の雑仕女《ぞうしめ》であろうと使者にいたします」

「ははあ、さすが殿下、たいしたものですな」

家康が歩み寄ろうとしてきたので、利休は思い切って手札を投げてみた。

「織田中将も殿下に臣下の礼を取りました。これで徳川殿にも臣従いただければ、天下の静謐は成ったも同じです」

そう言いつつ薄茶を家康の前に置いたが、家康は茶碗を手に取ろうとしない。

それが「臣従するつもりはない」という家康の意思表示であることを、利休は心得ていた。

かつて家康は、信長を介して秀吉とも知己だった。だが織田家の一武将にすぎない秀吉と、曲がりなりにも一国一城の主の家康とでは、信長の扱いにも格段の差があった。それを忘れて秀吉に臣従するのは、いかに家康でも、受け容れ難いはずだ。

しばしの沈黙の後、家康が皺枯れた声音で問うた。

「今、臣従と仰せになりましたな」

「いかにも。それが何か」

「それがしは、殿下に臣従するとは申しておりません。あくまで対等の立場で和議を結ぼうとしております」

――やはり、そういうことか。

家康の思惑が見えてきた。

――西国は任せるが、東国は渡さないということだな。

当面、家康は東西対等の関係を維持しようというのだ。

――この駆け引きは厳しいものになる。

利休が次の手札を投げつける。

「では、朝敵となりますぞ」

「朝敵と仰せか」

家康は少し微笑んだようだ。そこには「今更、建前で物を言うのか」という意味が込められている。

「殿下は帝のお墨付きを得て、関白の地位に就いております。関白は朝廷と同義。その関白の命に服せぬというのなら、朝敵ということになります」

「畏れ多いことです」

家康が殊勝そうに頭を垂れる。だが、その本心がどこにあるかは分からない。

「徳川殿も朝廷から官位官職を拝領し、殿下ともども朝廷に尽くしてはいかがでしょう」

「宗匠――」と家康の声音が改まる。

「いつまで肚の探り合いをしていても埒《らち》が明きません。本音で話し合いましょう」

「異存ありません」

家康がいよいよ本題に入った。

「それがしは、羽柴家中になるつもりはありませんが、殿下の政権を認め、殿下が天下の仕置を行うことに異存はありません」

「つまり、ほかのご家中大名と同じように、兵役や普請役を課されることは、迷惑と仰せになられるのですか」

「いえいえ、御所の造営や伊勢神宮の式年遷宮には、人も出しますし寄進もさせていただきます」

つまり家康は臣従してもいいが、それは朝廷を代表する関白に対してであり、羽柴家ではないと言いたいのだ。

「分かりました。では朝廷に対して臣従するのなら差し支えありませんね」

「言うまでもありません」

――それなら話は早い。

家康の条件が、「秀吉でなく朝廷に臣従する」「羽柴家の私戦には兵を出さない」「羽柴家の城を造るための普請作事には人を出さない」という三点だと分かった。

利休は確認を取ることで、家康を追い込もうとした。

「朝廷から官位官職を拝領し、その後は関白の下で、何がしかの役職に就いていただくのはよろしいですね」

「構いません」

「それでは、徳川殿の扱いは、ほかの大名とは異なるものとさせていただきます」

ここでの扱いとは、先ほどの「羽柴家の私的賦役《ふえき》には従事しない」という点が含まれている。

「それで結構です」

「では上洛の上、朝廷に対して臣下の礼を取っていただけますな」

「いや」と言って、家康が顔の前で手を振った。

「上洛はできぬと仰せですか」

双方の間に緊張が漂う。

――ここは少し間合いを外すか。

利休が話題を転じる。

「徳川家中には、荒武者が多いと聞きます」

「はい。かの者らのおかげで、それがしはここまで生き延びてきました」

「徳川家中が、荒ぶる武士の魂を大切にしているのは承知しています。しかし、いつまでもさような世が続くとは思えません」

「ははあ、なるほど。茶の湯を勧めに来たのですな」

「五カ国の太守となられた徳川殿にとっても、配下の心を鎮めるものが必要です。とくに一向宗に悩まされた徳川殿なら、それがよくお分かりかと」

この時、家康は三河、遠江《とおとうみ》、駿河、甲斐、信濃五カ国の主となっていた。尤も信濃国は南部だけを押さえている形なので、厳密には四カ国半となる。

「はい。一向宗の恐ろしさは骨身に染みております」

家康が二十二歳の永禄六年（一五六三）、三河一向一揆が勃発する。それは野火のように三河全土に広がり、本多正信や松平家次といった家臣や多くの国衆が一揆方に加わった。最後は岡崎城近くの小豆坂《あずきさか》まで攻め込まれた家康だったが、硬軟取り混ぜた対応で鎮定に成功する。だがこの事件は、家康の心に宗教の恐ろしさを刻み付けた。

家康が油断のない目つきで問う。

「畿内西国では、キリシタンの教えが一向宗の代わりにならんとしていると聞きました」

「はい。キリシタンは戦を好まず、日々の平穏を祈る崇高な宗教です。しかしながら、殿下や徳川殿のようなお立場の方にとっては諸刃《もろは》の剣《つるぎ》かと」

「総見院様とて一向宗には手こずりましたからな。キリシタンの教えとなると、その背後に控える勢力も大きく、一筋縄ではいきますまい」

「それゆえ家臣たちの荒ぶる心を鎮めるためには、宗教よりも茶の湯がふさわしいかと――」

「いかにも。しかし鄙の武者たちに茶の湯が分かりますか」

「畿内との通交が活発になれば、茶の湯もすぐに敷衍いたします」

家康が薄茶の入った茶碗を手に取ると、それを飲み干した。

「味はいかがですか」

「薄茶にしては苦いかと。でも飲み干せないこともありません」

利休と家康が皮肉な笑みを交わす。むろん家康の言葉には、苦い茶でも飲み干す覚悟がある、つまり秀吉に条件付きで臣従することに異存はないという意図が込められていた。

ひとしきり笑った後、家康が真顔になって言った。

「それがしが上洛するにあたって、一つだけお願いがあります」

「何なりと」

「それがしは殿下を信じておりますが、わが配下の者どもがそろって殿下を信じず、『証人なくして大坂に行くなどまかりならん』と言うのです。それがしの威令が行き届いていない証左であり、恥ずかしい限りですが、これまで粉骨砕身してきた彼奴らの顔も立てねばならず、苦慮しております」

家康が縷々《るる》言い訳を述べる。

さらに誰かを、証人に差し出せというのだな。

「しかし殿下には、さほど多くの縁者はおりません」

家康がそう言い出した時の返答を、利休はすでに用意していた。

「承知しております」

利休はこの時、秀吉の姉の智が産んだ秀次、秀勝、秀保といった者たちを頭に浮かべていた。

「では、関白殿下の姉上の子を一人下向させましょう。その件は、私が周旋いたします。むろん、どなたを送るかは任せていただけますな」

「いや、そうではなく――」

家康は少し垂れた頰に笑みを浮かべると、さも当然のように言った。

「大政所様にご下向いただければ、旭も喜ぶかと」

大政所とは、秀吉や旭の実母のことだ。

――何だと。

利休は絶句した。

八

利休の話を聞いていた秀吉の顔に朱が差していく。

「そなたは、それを約束してきたのか」

利休は「はい」とだけ答えた。

秀吉の怒りが爆発するかと思いきや、甲高い笑い声が大坂城対面の間に響いた。

「これだから計策（外交）の素人は困る。何が悲しゅうて、わしが家康の許に大事な母上を送らねばならん。こんな話を出す方も馬鹿なら、受ける方も大虚けだ」

「しかしそうしませんと、三河殿は大坂に来ることなく、臣従も叶いません」

「その通りだ。わしと対面して臣従を誓わねば家臣の列に加えぬ。つまり、わしが受け容れるはずのない無理な条件を出してきたということは、わしと戦うつもりなのだ」

「殿下、それは違います。三河殿は戦うつもりなどありません。三河殿も臣従したいのです」

「そんなことはない！」

「殿下、三河殿と手を組むことは、双方に利があります。ここは何としても、その実現に向けて歩を進めるべきかと」

「では、母上に何かあったらどうする」

秀吉が鋭い眼光を向けてきた。

「この皺腹でよろしければ――」

「そなたの皺腹など要らぬわ。わしにとって母上は、誰よりも大切なお方だ。母上はわしら子を懸命に育ててくれた。その孝行も十分にできておらぬのに、母上の身に何かあったら、わしが死んでお詫びせねばならぬ」

秀吉が芝居じみた仕草で天を仰ぐ。

「お気持ちは察しますが、天下万民のため、この場は大局に立っていただき――」

「よく言うわ。そなたは、世が静謐になって人の行き来が盛んになれば、堺が潤うとでも思うておるのだろう。しょせんそなたが望む静謐など、そんなものだ」

「仰せの通りです。私は堺を富ませるために、かように殿下に仕えております」

秀吉が皺深くなった顔を歪ませつつ言う。

「正直でよい。この世が静謐で堺衆が潤うのであらば、わしの代わりに家康が天下人となろうと、そなたは構わぬのであろう」

秀吉の金壺眼に憎々しげな光が宿る。

――だが、ここで引いては負けだ。

利休は勝負に出た。

「構いません」

「此奴、申したな！」

「われら商人は、天下人が誰であろうと構いません。ただ一途に、この世が静謐であることを願っております」

「よう申した。その素っ首、叩き落としてくれるわ！」

秀吉は立ち上がると、背後に控える小姓から太刀をひったくった。

「わが皺首でよろしければ、いくらでも献上いたします。しかし最後に一つだけ問わせて下さい」

「何だ！」

「もしも殿下が私の立場なら、いかがなされますか」

「むろん商人にとっては、静謐が一番だ。戦乱など迷惑この上ない。尤も戦乱のおかげで、そなたらはもうけているのだがな」

堺衆は、鉄砲、銅弾、玉薬といった唐渡りの武器を武士たちに売ることで、巨万の富を築いていた。

「百姓の立場では、いかがでしょう」

「一も二もなく戦乱などない方がよいに決まっておる」

「仰せの通りです。殿下としては東の守りを固め、西をひれ伏させる。三河殿としては殿下の配下となり、その地位を安泰なものとしたい。そして商人も農民も静謐を望んでいる。これこそ八方よしではありませんか」

「八方よしか。その代償が、わが母なのだな」

「はい。この八方よしを三河殿が破ればどうなるか。三河殿は、そのことを心得ておるはずです」

「何だと——」

秀吉の心が揺れ動いていることを、利休は察した。

「ご母堂様を証人に出してまで静謐を望んだ殿下の徳の高さを、人々は賞賛するでしょう。つまり三河殿が大政所様を証人に望んだことが、逆に幸いしたのです」

だが秀吉は、狡猾そうな笑みを浮かべて言った。

「ははあ、そう来たか。そなたは賢いの」

秀吉は太刀を後方に投げ出すと、再び座に着いた。

「だが、わしの面目はどうする。家康ごときに母上を差し出したとあっては、天下人の面目は丸つぶれではないか」

——これが最後の砦だな。

秀吉が最後に引っ掛かっている点こそ、そこなのだ。

「世の中は建前でできております。例えば世間に対しては、大政所様が旭様に会いたいと言って聞かないと喧伝し、殿下は『致し方なし』という体裁を取るのです」

白いものが多くなった顎鬚《あごひげ》をしごきながら考えに沈む秀吉に、利休が畳み掛ける。

「武士も民も親であり子です。誰しも親に会いたい、子に会いたいと思うのが当たり前です。此度のことを大政所様のたっての願いとして世に喧伝すれば、殿下の威信はいささかも揺るがず、逆に殿下の孝行心に民は感じ入ります」

利休は効果をより高めるために、一拍置くと言った。

「そして殿下の名声は、天を衝くばかりになりましょう」

秀吉が感心したように言う。

「そなたほど、冷静に損得勘定のできる者はおらぬ」

「商人ですから」

「ははは、そうであったな」

秀吉が高笑いする。

「では、大政所様を三河にお連れしてもよろしいですね」

秀吉は、まだ何か言いたそうにしている。

その瞳は充血しているが、何かを求めるかのごとく爛々《らんらん》と輝いている。

──貪欲で狡猾な獣の目だ。

秀吉が大きく息を吸うと言った。

「よかろう」

「ありがたきお言葉」

利休は青畳に額を擦り付けつつ、安堵のため息を漏らした。


かくして大政所の三河下向は、娘の旭を訪れるという体裁を取ることで実現した。

十月、秀吉から家康の饗応役を仰せつかった利休は、大政所に随行して三河に下向し、それと入れ替わる形で大坂に向かう家康に同行した。

二十六日、大坂に着いた家康は、秀長が一時的に明け渡した屋敷に入って旅装を解いた。

この日、秀長の茶室を借りて茶の湯で饗応した利休は、家康とも十分に打ち解け、戯れ言を言い合うほどになっていた。

そこに、秀吉がお忍びで来たという一報が届く。

驚く家康に、使者は「殿下は、三河様と茶室にて親密なお話がしたいと仰せです」と告げた。

秀吉の突然の来訪は、利休にとっても寝耳に水だったが、少庵に命じて急いで炭火を熾し、水も新たなものに替えさせた。

家康と二人で畏まっていると、「御成」が告げられ、躙口から秀吉が入ってきた。これで三畳の茶室にいるのは三人となった。

「いやいや、これは久しぶりだの」

茶室に入った客は床の掛物を眺めてから座に着くのが作法だが、秀吉はそれを省略し、家康が空けた正客の座に腰を下ろした。

さすがの家康も緊張している。

「久方ぶりでございます」

「三河殿の兵馬は、相変わらず盛んなようだな」

「いえ、殿下には、はるかに及びません」

二人は、互いの肚を探るかのような会話を交わしている。

「いずれにせよ大坂まで来ていただき感謝しておる。これで天下の静謐は成ったも同じだ」

秀吉が呵々大笑する。

「此度は二度にわたって宗匠に三河まで来ていただき、こちらこそ感謝の言葉もありません」

家康がさりげなく利休を立てた。

「そうだったな。それを思えば、この静謐も利休あってのものだ」

秀吉が皮肉な笑みを浮かべる。

「ありがたきお言葉。では――」と言って、利休は炭を整え始めた。

「ときに三河殿、今宵は頼みがあって参った」

「何でございましょう」

家康が警戒心をあらわにする。

「たいしたことではない。明日、城内の大広間で謁見の儀があるだろう」

翌二十七日、諸将が居並ぶ中、秀吉は家康を引見し、家臣として認めるという儀式を行う予定になっている。

「それは伺っておりますが――」

「そこでわしは、威厳ある態度で三河殿に接することになる」

「尤もなことです」

「その時、わしは険しい顔で『大儀』とだけ言う。それを聞き、畏まってもらいたいのだ」

「えっ、それだけでよろしいのですか」

「もう一つある」

秀吉が皺深い手を上げ、指を一本立てた。

「明日は武門だけの儀式なので、わしは具足羽織を着て現れる。その羽織を所望してほしいのだ」

「所望せよと――」

「そうだ。そして『関白殿下には、もう具足羽織は要りません。この家康が、殿下に代わってこの羽織を着て戦場に赴きます』と言ってほしいのだ」

秀吉の意図が見えてきた。秀吉の家臣になるということは、こうした田舎田楽にも大まじめで付き合わねばならない。

「それだけでよろしいなら、喜んでやらせていただきます」

「そうか、そうか。さすが三河殿だ」

秀吉が顔をくしゃくしゃにして笑う。

「これで話は終わった。だが、せっかくだから利休の茶を飲んでいくか」

そう言うと秀吉は点前を始めるよう、利休に顎で促した。

利休は一礼すると、帛紗をさばいて点前を始めた。

「三河殿、この利休というのは便利な男でな」

「えっ、便利と――」

「ああ、わしの使い走りをやらせておるが、年ふりておるだけあって知恵が回る。それで重用しているが、ときに差し出がましいことも言う」

利休が平然と点前を進める。

「だが此奴だけでなく、宗久も宗及も狙いは一つよ」

「狙いとは」

「世を静謐に導き、此奴らの商いをもっと盛んにすることだ」

「ああ、それはよきことではありませんか」

「その方がわしも都合よい。此度も此奴に申し聞かされて三河殿と結ぶことになった。のう、利休」

「はい」と答えつつ、利休が秀吉の前に茶碗を置く。

「三河殿が先だ」

そう言うと秀吉は、家康の前に茶碗の位置をずらした。作法上、茶は先に正客に出すものだが、秀吉にとって作法など、あってなきようなものなのだ。

「では」と言って、家康が茶を喫する。

「ああ、まことにもってふくよかな味。ようやく大坂に来た気がします」

「そうであろう。利休の点てた茶だからな。口あたりよく喉越しも心地よい。だが腹に収めてからがたいへんだ」

自分の戯れ言が気に入ったのか、秀吉が大口を開けて笑う。

「と、仰せになられますと」

家康が追従笑いを浮かべつつ問う。

「腹中に巣くい、すべてを食い尽くされる」

「これは、面白き喩えですな」

家康が苦い顔で作り笑いを浮かべる。ようやく家康にも、秀吉と利休の関係がただならぬものだと分かってきたのだ。

「いかにも、利休の茶はうまい」

秀吉が皺深い喉を鳴らして飲む。

「三河殿、そなたの周りは苦言を呈する家臣ばかりだと聞く」

「はい。そうした者たちあってのそれがしです」

「よくぞ申した！」

秀吉が扇子で己の膝を叩く。

「苦い茶を嫌がらずに喫してこそ、五カ国の太守というもの。わしもそなたを見習おうと、利休のような者を重用しておる」

秀吉が馴れ馴れしく家康の肩に手を置いたので、家康が戸惑った顔をする。

「だが苦すぎても困る。茶は――、ほどよく苦いものがよい」

秀吉が利休の方を見ながら言う。

気まずい雰囲気を嫌うかのように、家康は一礼すると言った。

「明日のこともありますので、そろそろお暇しようかと――」

「そうだな。ここで一献と思うたが、明日も振舞はある。今日はここまでとしよう」

そう言うと秀吉は、「では、先に行く」と言って軽快に躙口から出ていった。

秀吉の足音が消えてから、家康が声を掛けてきた。

「宗匠、殿下はよきお方ですな」

「はい、実に――」

向後、己も利休と同じ立場になると思ったのか、家康は大きなため息を漏らした。

この翌日、大坂城で謁見の儀があった。その場の成り行きは秀吉の思惑通りに進んだ。

諸将は「あの三河殿でさえ、殿下の威にひれ伏した」と思い込み、これまで以上に秀吉に畏服するようになった。さらに具足羽織の一件によって、これからは家康が、秀吉に代わって羽柴家の軍事を取り仕切ることも明らかになった。

それから数日間、家康は様々な饗応を受け、十一月一日、京に赴き、朝廷関係者に挨拶した後、八日になって帰途に就いた。

家康が岡崎に着くや、入れ替わるようにして大政所が岡崎を出た。

かくして綱渡りのような計策は成功し、秀吉政権の盤石さは、これまで以上のものとなった。

家康との一連の儀が終わった同月二十日、秀吉は長らく延期となっていた島津征伐の開始を告げた。

これにより同月末、毛利・長宗我部・仙石勢などが九州への侵攻を開始する。

博多にいる紹安から利休に書状も届いた。そこには「九州に行ってみたところ、島津方は九州制圧に動き出しており、もはや和睦の仲立ちをする段階ではない」と書かれていた。

予想もしない事態に、利休は困惑していた。

九

天正十四年（一五八六）十二月十九日、秀吉は太政大臣に任官し、朝廷から豊臣姓を賜った。すでに秀吉は五摂家筆頭の近衛前久《さきひさ》の猶子となり、藤原姓を称していたが、さらに朝廷内への浸透を図るため、源平藤橘に次ぐ第五の姓として豊臣姓を創出し、朝廷に奏請していた。

だが、祝賀気分一色の大坂城に凶報が飛び込んでくる。

同月十二日、豊後国に侵攻した長宗我部・仙石連合軍が、戸次川《へつぎがわ》において島津勢と衝突し、惨敗を喫したというのだ。この結果、長宗我部信親は討ち死にし、その父の元親と仙石秀久は九州から撤退したという。これを聞いた秀吉は激怒し、仙石秀久は所領没収の憂き目に遭う。

九州にいる紹安からも書状が届き、そこには「この戦いで島津勢を敗退させられれば和睦が成ったものを、逆に敗れたため、島津勢の意気は天を衝くばかりになっています」と書かれていた。

――もはや手遅れか。

戸次川の戦いで島津勢が勝ってしまったがゆえに、島津勢と九州の民は大きな代償を支払わせられることになる。

かくして天正十五年（一五八七）が明けた。

正月早々、九州からやってきたのは神谷宗湛《そうたん》だった。

宗湛は島井宗室と並ぶ博多の豪商で、津田宗及の紹介で天正十年（一五八二）に宗室と共に安土城で信長に拝謁した。その後、二人は信長に同道して京に入り、本能寺の変に遭遇する。この時、宗室は空海真筆の「一切経千字文」を、宗湛は牧谿の筆になる「遠浦《えんぽ》帰《き》帆図《はんず》」を持って逃げたことで、この二つの宝物が難を逃れた。宗湛は天文二十年（一五五一）の生まれで、働き盛りの三十七歳。此度の九州の動乱では、言うまでもなく大友宗麟を支援している。

　その宗湛の饗応役に指名されたのは、宗湛の旧友の宗及だった。

　しかし正月三日の夜明け前、山里曲輪の二畳茶室で宗湛を迎えたのは利休だった。というのも宗及は、この日の大寄せの支度で御殿に詰めていたからだ。

　床の軸を眺める宗湛に、型通りの挨拶をした後、利休が問う。

「博多からは遠路ですから、さぞお疲れでしょう」

「いえいえ、今が鎮西存亡の秋《とき》。これくらいのことは何でもありません」

　鎮西とは九州のことだ。

「わが茶をご所望いただき恐悦至極」

　利休が頭を下げる。

「宗及殿は本日の大寄せの支度で忙しく、『今日の朝会の前に、名人の茶をお一人でご賞味下さい』とお勧めいただきました」

――さすが宗及殿。

朝会の前に、宗及は宗湛を利休に会わせたかったようだ。

「ということは、朝餉は大寄せの時でよろしいですな」

「もちろんです」

「では、ここでは茶だけを――」

宗湛に座を勧めた利休は早速、炭の具合を確かめる。

「床は朝山扇面《ちょうざんせんめん》の唐絵ですな」

「はい。殿下所持の逸品で、南宋のものと聞いております」

「この数寄屋に合っておりますな」

利休は何も答えず一礼で応じた。そこには「当たり前だ」という意が込められている。だが宗湛は、空気を読めないのか褒めることをやめない。

「床は四尺五寸（約百三十五センチメートル）、壁には古い暦を張り、点前畳の左隅に炉を切ったのですね。この隅炉がとくにいい。これで座敷内が落ち着きます」

「恐縮です」と礼を言い、利休が点前を始める。それを見逃すまいと、宗湛が目を皿のようにする。

「さすが『天下一』と宗及殿が仰せのお点前だ」

「宗及殿の点前も見事です」

「いや、上手の所作と天賦の才を持つお方の所作は違います。おっと、これはご内密に」

　宗湛がおどけたように笑う。むろん宗及本人がそれを認め、いつも他人に吹聴《ふいちょう》しているので、内密も何もないのだが。

「ときに宗湛殿、宗及殿から何か聞きましたか」

「はい。その目指すところは、われら博多衆も同じかと――」

　利休が宗湛の前に黒楽を置く。

「これは今様ですな」

「はい。新たに焼かせたもので、銘はまだありません」

「何とも落ち着く姿形と色。これが当世流行の『利休形』と――」

　後に「禿」と呼ばれる今様の黒楽を舐め回すように見つめながら、宗湛が問う。

「もはや唐物の時代ではないのですね」

「はい。京大坂界隈では、唐物は廃れ、高麗、瀬戸、今様といった茶碗が流行っております。いつどこで焼かれようと、姿形さえよければ名物となります」

「なるほど、そういう考え方は、宗匠が編み出して広めたと聞きましたが」

「どうでもよいことです」

「そうした功名を求めぬことこそ、真の茶人ですな」

感心しながら、宗湛が茶を喫する。

「ああ、喩えようもなくよき茶でした」

そう言いながら、宗湛は口を拭くと威儀を正した。

「博多でご子息と会いました」

「ほう」

宗湛が本題に入ったと、利休は察した。

「島津方に乗り込むと意気盛んでしたが、諸所で街道は封鎖され、島津兄弟の誰にも会えぬとこぼしておられました」

紹安が言うところの島津兄弟とは、義久、義弘、歳久、家久の四人のことだ。この四人がいずれも文武に秀でていたことで、島津家は今の隆盛を築いた。

「ということは、紹安は博多におるのですね」

「はい。私が博多を出た時はいらっしゃいました」

「私も人の親なので、それを聞いて安堵しました」

「それはよかった。宗匠の命を受け、東奔西走しているとは、よき息子さんをお持ちですな」

「ははは、それは紹安が勝手にやっていること。私は何も命じておりません」

薄茶の入った赤楽を宗湛の前に置くと、宗湛は赤楽を見つめた後、「では」と言って飲み干した。

「実に馥郁たる香り。これは上質の葉を使っておいでですね」

「いえいえ、そこらで売っている宇治の茶葉を使っているだけです。次の新茶が出回るのは四月の末頃ですから、それまでは昨年取れた茶葉で凌いでおります」

茶葉には好みもあるが、新茶の方がより香りが高く、清々しい感覚を味わうことができる。

「こちらの赤楽も今様ですな」

「さよう。濃茶には黒、薄茶には赤が合います」

「ははあ、よきことを聞きました。で、こちらの銘は」

「『早船《はやふね》』と申します」

利休がその由来を語る。

「かつて京で行われたある茶事で、この茶碗の話をしたところ、その座にいた客人たちが『ぜひ拝見したい』と仰せになるのです。そこで客人たちの望みを叶えるべく、堺の自宅から京まで、この茶碗を早船で運ばせました。それで『早船』という銘がついたのです。しかしこれが着いた時、それまで渇望するがごとく見たがっていた客人たちは別の話題に移っており、さしたる関心を払いませんでした」

「なるほど。つまり何事も時を置かず行わないと、時機を逸するというのですね」

「ご明察――」

「今の九州も、それは同じ」

宗湛が真顔になる。

「宗湛殿は、殿下に九州へのご出馬をお願いすべくいらしたのですね」

「はい。ぜひご出馬賜りたいと――」

利休は宗湛がやってきた狙いが、そこにあるとにらんでいた。

「殿下が出向かないと、九州は収まりませんか」

「はい。それを宗匠から殿下に、お伝えいただきたいのです」

宗湛が心痛をあらわに続ける。

「九州全土が島津のものとなれば、いかに殿下であろうと、手を焼くのではないか
と――」

「つまり出兵を早めることが、戦乱を広げないことにつながると仰せなのですね」

「そうです。宗匠から殿下に、その旨をお伝え下さい」

「承知しました」

「ありがとうございます。何とお礼を申し上げていいか――」

宗湛が両手をつく。

「それはそれとして、宗湛殿には別の狙いもあるのでは」

「別の狙い――」

宗湛が驚いたように顔を上げる。

「はい。殿下に何か吹き込みませんでしたか」

「どういうことですか」

宗湛の顔に笑みが張り付く。

「この機に博多を検分しておくべきとか」

「何のために――」

「殿下は朝鮮国を足掛かりにして大明国に進出し、その王になりたいという噂を小耳に挟んだことがあります。しかし殿下は、給糧（補給）が不安で断念し掛かっておったとか」

宗湛の顔色が変わったが、利休は構わず続けた。

「それを、どなたかが殿下の背を押すように『お任せあれ』と言ったため、殿下はすっかりその気になられたと聞きます」

宗湛の額に汗が浮かぶ。

「はて、大明国に進出しようなどという話は聞いたことがありません」

「何事も風の噂です。己の利のためだけに、渡海して明を討つなどという過大な妄想を吹き込む者などおらぬはず」

「そ、そうでしょうな」

秀吉は昨年の夏頃から唐入りの構想を側近たちに語り始め、利休もそれを聞いていた。むろん単なる夢物語を語っているわけではなく、それを実現するための調査と態勢作りが徐々に始まっていた。その根幹にあるのが、唐入りにあたっての兵員の移動手段と武器や食糧の補給方法だった。

利休の許に入ってきた雑説によると、宗湛や島井宗室といった博多商人たちは、それを一手に引き受けることにより暴利を貪ろうとしているという。

十分に脅しが効いたと思った利休は、顔つきを柔和なものに変えた。

「われらは、世を静謐に導くことで一致した商人どうし。堺も博多もありません。これからも末永く共に栄えていきたいものですな」

「は、はい。仰せの通りで——」

来た時とは全く違い、宗湛は意気消沈したように小さくなっていた。

その時、外から声が掛かった。

「殿下がお二人をお呼びです」

「もうそんな時間か」と言いつつ利休が障子窓の方を見ると、すでに夜は明け、雀のかまびすしい鳴き声も聞こえてきている。

「では宗湛殿、これへ」

「ああ、はい。では、ご無礼仕ります」

利休が躙口を示すと、宗湛が逃げるようにそこから出ていった。

──これでよい。

利休は秀吉の九州出馬を口添えする代わりに、宗湛に釘を刺したつもりでいた。

だが、いったん火のついてしまった秀吉の野望は、そう簡単には鎮火しなかった。

十

天正十五年（一五八七）二月、秀吉の陣触れが発せられ、諸大名が大坂城に集まってきた。利休は挨拶にやってくる諸大名の接待に追われ、座の温まる暇もないほどだった。その中の一人に、秀吉の弟の秀長がいた。

秀長は大和郡山城から大坂に着くや、利休に使いを寄越し、「ゆるりと話がしたい」と申し入れてきた。もちろん利休に否はない。

山里曲輪の二畳茶室での昼会に、利休は秀長を誘った。

この日は、手前側の折敷《おしき》に飯椀と豆腐の汁物、遠い側の折敷に独活《うど》の和え物と鮭の焼き物、そして引物には膾という一汁三菜を用意した。さらに湯漬けを食べ終わると、栗、昆布、麩の焼きといった三種菓子を出した。

昼会での酒は互いに二献というのが慣習なので、二人は形式的に盃《さかずき》を上げて食事を終わらせた。

「いつもと変わらず、美味でござった」

「粗餐でご無礼仕りました」

「何を仰せか。宗匠の手料理は何物にも替え難い馳走です」

「ありがとうございます。長らく戦陣にあった小一郎様へのせめてもの心尽くしと思い、丹精込めて作りました」

「お心遣い、かたじけない。いかにも此度は難儀な戦いとなりましょうな」

秀長がため息を漏らす。

その言葉が島津に対してなのか、秀吉に対してなのかは分からない。むろんそれを問うような無粋な利休ではないが、たとえ問うたとしても、秀長は笑って答えないに違いない。

——小一郎様は、そういうお方だ。

秀長の性格は秀吉とは正反対で、控えめで慎み深い上に口数も少なく、自分の考えを積極的に述べるようなことをしない。

——だが近頃、よく殿下に諫言していると聞く。

それが誰の影響かを、利休はよく知っていた。

その後、中立となった。外から戻った秀長は床の花と花入、点前座の水指、釜などを丁寧に見ると座に着いた。

ひとしきり道具について談義した後、利休はさりげなく問うた。

「ときに宗二は、いかがですか」

「いかが、というと——」

「相変わらずだと、風の噂で聞きました」

「いかにも相変わらずの茶だ」

秀長が疲れたような笑みを浮かべる。

「かような者の茶を喫していただき、師としてお礼の言葉もありません。ときに、言葉が少し過ぎてはおりませんか」

「そのことか——」

秀長の顔が曇る。

「聞くところによると、小一郎様に様々なことを言上しておるとか」

「ああ、言っておる。だが宗二の言うことには、尤もなことも多い」

秀長が宗二に感化されているという噂は、半ば正しかった。

「宗二の言うことを尤もと仰せですか」

「ああ、宗二はわしを動かし、兄上に戦をやめさせようとしている。わしとて戦は好まぬ。ただこれまでは、兄上のやることとなすことが危うくて見ていられず、その仕事を手伝ってきた。だが宗二の言う通り、われら兄弟は殺生をしすぎた」

何かを畏れるように秀長が眉をひそめる。

「武士である限り、殺生は避けられません」

「それは道理だが、わしは兄上に『もはや戦うことに意味はなく、威権と権勢によって敵対する者を従わせればよろしい』と言い続けておる。しかし兄上は、あろうことか『それは宗二に吹き込まれたのか』などと仰せになる」

秀吉の猜疑心は宗二にまで及んでいた。

利休が濃茶の入った黒楽を置くと、秀長は悠然とそれを喫した。

「そなたの茶はうまい。宗二の茶は苦くてかなわん。だがそれを言っても、宗二は苦い茶を出す」

　秀長が笑う。

「かの者は『極無《ごくむ》』を好みますからな」

「極無」とは唐渡りの最高級銘茶で、天正十四年（一五八六）九月、山上宗二が取り寄せ、秀長の茶会で使ったのが最初の記録になる。「極無」は苦みが強すぎることもあり、宗二しか使わない茶葉となっていた。

「そうか。『極無』という銘なのだな」

　宗二は、そうしたことさえ秀長に伝えていない。

　――つまり政の話ばかりしていたということか。

「宗二によると、そなたらは兵乱を茶の湯によって収めようという考えだとか」

　――それが会いたい理由だったのだな。

　秀長が核心に入った。

　――ここで小一郎様を取り込めるかどうかが勝負だな。

「宗二がそう申しておりましたか」

「うむ。堺衆の総意は世の静謐にあり、そのために茶の湯を敷衍させようとしておると言っていた」

　利休は大きく息を吸うと言った。

「仰せの通りです」

「やはり、そうか。兄上はそれを知っておるのか」

「はい。われらの狙いなど、とうに気づいておられます。しかし茶の湯と私に利用する値打ちがある限り、使い続けるおつもりでしょう」

「ははは、さすが兄上だ。己に役立つものなら何でも使い、その値打ちがなくなったら放り出す。これぞ総見院様仕込みだ」

　思わず利休も笑み崩れる。

　ひとしきり笑った後、薄茶の支度を始めながら、利休が何げなく問うた。

「小一郎様が戦を好まぬは承知しておりますが、殿下は、まだまだ戦い足らぬようですな」

「うむ。兄上には、『このあたりでよい』というものがない。あの小さな体から、次から次へと欲がわき出てくるのだ。つまり天下を平定できたとしても、それだけでは飽き足らぬ」

「と、仰せになられますと――」

「大明国に進出するつもりだ」

それは利休も聞き知っている。

「限りなき欲ですな」

「そうだ。欲と言っても、それを手にしてどうしたいというわけではない。ただ兄上は『どうだ。見たか。わしは凄いだろう』と周囲に示し、賞賛の言葉を得たいだけなのだ」

秀長の見立ては、利休にとって新鮮だった。

「つまり周囲から称賛されれば、殿下の気も収まると――」

「そうだ。黄金の茶室がよき例だ。あれにより兄上は有頂天になった」

――そうか。殿下の関心を茶の湯から離さぬようにすればよいのだな。

利休の頭が目まぐるしく働く。

「では、殿下を得意にさせる何かを行えばよいのですな」

「そういうことになる。兄上は知っての通り、三月一日に九州へと出陣する。そなたは――」

「宇治の新茶が大坂に運ばれてくる四月初旬になってから、下向するよう申し付けられております」

「わしも九州に行く。戦わずに島津をひれ伏させられればよいのだが、そうもいかぬだろう」

秀長の見立て通り、一戦交えて島津を叩き伏せない限り、島津が降伏することはないと思われた。

「では、行く。楽しかったぞ」

躙口から出ていこうとする秀長を、利休は呼び止めた。

「小一郎様、われらの心は一つと思うてもよろしいですな」

躙口に手を掛けた秀長の動きが止まる。

「そなたらの思いは分かった」

「では、これからもお力添えいただけますか」

しばし考えた末、座に戻った秀長が言った。

「分かった。兄上に諫言しても遠ざけられないのは、わしだけだ。できるだけ力添えをする」

「つまり島津とは、和睦で事をお収めいただけますね」

「島津が詫び言を言ってくれれば、兄上に取り次ぐ。わしにできることはそれだけだ」

「では、島津が意地を張ったらいかがなされるおつもりか」

「討つしかあるまい」

「一当たりするのは仕方ありません。それで島津に痛打を浴びせたところで、小一郎様の方から和睦を勧められませんか」

秀長が困惑をあらわにする。

「わしの方からか」

「そうです。島津は手強い相手です。こちらから歩み寄らない限り、山中に引き籠もって山戦《やまいくさ》を続けるでしょう。さすれば討伐するのは至難の業。やがて豊臣家の武威も失墜します」

「だが兄上は、島津を滅ぼすつもりだ」

「そこを何とか――」

利休が頭を下げる。

「分かった。やってみよう。だが兄上は、わしの言でも聞かぬかもしれんぞ」

「それには考えがあります」

「いかなる考えだ」

秀長が目を見開く。

「弟子たちを使います。軍議の場で、小一郎様に追随するよう申し聞かせます」

「そうか。それならうまくいくやもしれんな。では、行く」

躙口から外に出ようとした秀長が、振り向くと言った。

「そなたは知恵者よの」

「それもこれも天下万民のためです」

「そうだな。わしもそう思う。だが此度はそれで何とかなるとしても、これからずっと兄上に茶の湯の値打ちを思い出させ、兄上を惹きつけておかねばならんぞ」

「つまり殿下を茶室から出さぬようにせよと仰せか」

「そうだ。茶室から出したら――」

その後の言葉をのみ込み、秀長は「では、またな」と言って躙口から出ていった。

だが利休は、秀長がのみ込んだ言葉が何であるか分かっていた。

——そなたは終わりだ、と言いたかったのでありましょう。

秀吉が茶の湯に飽いた時、利休の存在意義は失われる。

一人になった茶室で、利休は己のために茶を点てた。いつもより濃くしたので口中に苦みが走る。

——宗二の茶か。

今の利休には、己のことより宗二のことが心配でならなかった。

十一

三月一日、きらびやかな甲冑を身にまとった秀吉が大坂城を出陣した。途中、厳島神社に参詣した後、二十九日には赤間関から渡海して小倉に到着した。

これを聞いた島津勢は豊後方面に兵を進めてくる。その間隙を縫うように、日向方面に向かった黒田孝高と小早川隆景率いる別動隊は、日向国の島津方の城を次々と攻略していった。

四月、秀吉本隊は主力勢七万によって、島津方となっていた筑前の秋月種実《たねざね》の秋月城を包囲した。これに驚いた種実は降伏を申し出たが、秀吉は降伏の条件として、種実の所有する「楢柴《ならしば》肩衝」を所望する。天下の大名物とはいえ、城兵の命には代え難く、種実は泣く泣く「楢柴肩衝」を献上した。

すでに秀吉は、「天下三肩衝」のうちの「新田肩衝」と「初花肩衝」を持っており、「楢柴肩衝」を得ることにより、「天下三肩衝」のすべてを所有することになった。

四月、宇治の新茶を携えた利休は博多に向かった。

博多で紹安や宗湛と会った利休は、島津方が矛を収めないと聞いて落胆した。こうなれば一戦して痛撃を与えない限り、島津が引かないのは明らかだった。

一方、秀吉は肥後国の隈本（熊本）から、宇土そして八代《やつしろ》へと進んだが、十七日、日向方面に向かった豊臣秀長率いる別動隊が、根白坂《ねじろざか》の戦いで大勝利を収めることで、戦の趨勢《すうせい》は決した。

二十一日、島津家当主の義久は家老を派遣し、和を請うてきた。だが秀吉はこれを許さず、五月三日、薩摩国川内の泰平寺《たいへいじ》まで進んだ。

そこで秀吉は、秀長から「もはや島津に戦う意欲はありません。ここはご寛恕《かんじょ》をもって赦免するのが筋というもの」と諫言される。

だが秀吉は「ここまで詰めておきながら兵を引くことなどできぬ」と言い張った。それでも軍議において秀長が赦免を勧め、それに蒲生氏郷と細川忠興が同調すると、黒田孝高らも賛意を示したので、秀吉も矛を収めざるを得なくなった。

実は出征前、利休は氏郷と忠興に会い、秀長に同調するよう根回しを済ませていたのだ。

八日、島津義久は剃髪《ていはつ》して竜伯《りゅうはく》と号し、秀吉と面談した。これに納得した秀吉は、本領の薩摩国を安堵した。

結果として、利休の思惑通りに小戦だけで戦闘は終わり、九州全土が戦場になることは避けられた。


六月七日、秀吉が博多に凱旋《がいせん》した。それまでに茶室を設えておくよう命じられていた利休は、二つの茶室を箱崎の筥崎宮《はこざきぐう》の近くに造り、秀吉の帰還を待っていた。

二つとも恵光院《えこういん》という寺の境内に設えたもので、三畳敷と二畳半敷だった。

帰陣後の論功行賞や祝宴も一段落した八日の夜、秀吉が利休に茶事を命じてきた。

利休は三畳敷の茶室で秀吉を迎えることにした。

　この茶室は深三畳の小座敷で、屋根を苫《とま》で葺《ふ》き上げ、外壁は青松葉で編んでいる。茶室内の床柱には高麗筒の花入を掛け、床には益母《やくも》草《そう》の花を活けた。畳の上には風炉を据え、茶道具は大坂から運ばせた今様で統一した。

「宇治の新茶でございます」

　秀吉は宴席で食事を済ませてきているので、振る舞うのは茶だけだ。

「いただこう」

　秀吉が悠然と茶を喫する。その所作には、九州を平らげた自信が溢れている。

「昨年の天候がよかったためか、今年の新葉は、例年よりも香りが一段とよいようです」

「そうだな」と言いつつ、秀吉が赤楽茶碗の銘「無一物」を置く。

「茶葉も女も新しきものほどよい」

　秀吉の戯れ言に利休も笑みを浮かべた。

「此度の大勝利おめでとうございます」

「だがどうにも物足りん」

「ほほう。何が足りぬのですか」

「あそこまで詰めておいて、和談に応じることもなかった」

秀吉が苦々しい顔をする。

「しかし殿下は薩摩まで赴き、島津は全領土を差し出すも同然の降伏をしたのですから、十分ではありませんか」

「そなたは――」

秀吉がぎろりと利休をにらむ。

「小一郎と同じことを言うな。まさか口裏を合わせておったのではあるまい」

「滅相もない。かようなことは誰でも思います」

「そうか。だが小一郎は変わった。若い頃は、わしの命じることなら文句の一つも言わずに従ったものだ。だが今はどうだ。小知恵が付き、何事も『殿下の恩徳でご容赦を』などとほざきよる。誰かが入れ知恵しているとしか思えぬ」

「小一郎様も、その地位に見合った徳を身に付けたのでしょう」

「徳だと――」

秀吉が、ずるがしこそうな笑みを浮かべる。

「そんなことはない。おそらく宗二の入れ知恵であろう」

「いや、宗二は一介の茶人。たとえ政に関することを申し上げたとしても、小一郎様がお取り上げになるはずがありません」

「よう言うわ。そなたらは――」

秀吉の赤みの多い三白眼が光る。

「結託して世を静謐に導こうとしておるのだろう」

「いや、宗二の思惑など、私は与り知りません」

だが秀吉は聞く耳を持たない。

「わしならともかく、小一郎のように素直な心の者に繰り返し何かを説けば、次第に『さようなものか』と思うようになる」

「いかにも――」としか利休は答えられない。

「わしとて静謐は嫌いではない」

秀吉の意外な一言に、薄茶の支度をしていた利休の手が止まる。

「わしは何も好き好んで戦っておるわけではない。世の静謐を守るために戦っておる。もしも島津を放置していたらどうなる。彼奴らは九州を制圧し、朝廷の威令に服さんだろう。関白としてのわしの使命は、日本国の津々浦々にまで朝廷の威令を行き届かせることだ」

「ご尤もです」

「だが世には朝廷をないがしろにし、己の所領を拡大しようという輩がおる。わしは、そうした輩に鉄槌《てつつい》を下さねばならぬ」

――このお方は、いつまで建前で物を言うのか。

ここのところ秀吉は、「朝廷の代理人」であることを喧伝し、自らの正統性を主張するようになっていた。それが建前だと分かっていても、繰り返し耳にしているうちに、いつしか配下の者たちも、それを本気で信じるようになる。

「殿下は畿内に戻られたら、いかがなされますか」

「決まっておる」

秀吉の金壺眼が光る。

「三河の狸《たぬき》を狩る」

――やはり、それ以外に道はないのだな。

半ば分かってはいたものの、日本を二分する大戦が起こるのは確実だった。

「だが、わしも馬鹿ではない。狸を狩るのは、三河の狸と尾張の虚けを使って関東を制してからだ」

三河の狸とは徳川家康、尾張の虚けとは織田信雄を指す。

「なるほど。彼奴らの背後に隠れる関東の北条を、まずは滅ぼすのですな」

「そうだ。まず北条、続いて尾張の虚け、そして最後に孤立した三河の狸を討つ」

秀吉の思惑通りに事が運べば、秀吉は四百万石余を手にすることになる。

「いかにも理に適っておりますな」

「当たり前だ。そのためにも、そなたにはまだまだ働いてもらう」

「分かっております」

「そなたら堺衆が静謐を求めているのは分かる。だが小知恵を働かせ、ちょろちょろ動かぬことだ。すべてはお見通しだぞ」

秀吉の金壺眼が光る。

――茶の湯の権威として、まだわしを切ることはできないということか。だが代わりに権威となる者、ないしは茶の湯に代わるものを見つけた時、わしは切られるということか。

利休にも秀吉の肚は読めていた。
――殿下、利休と茶の湯は切られても、静謐だけは守りますぞ。
そのために利休は、全身全霊を傾けていくつもりでいた。

十二

六月、秀吉は博多で論功行賞を行うと同時に、新たに豊臣政権のものとなった九州諸国の「国分け」を行った。球磨《くま》・天草両郡を除く肥後国は、かつて越中国を領し、柴田勝家らに与していた佐々成政に与えられた。
賤ケ岳の戦いの後、秀吉に降伏して越中二郡だけを安堵された成政は、その後、御伽衆《おとぎしゅう》として秀吉の側近くに仕え、その殊勝な態度と越中一国をまとめ上げていた統治能力を買われ、肥後国の太守に抜擢《ばってき》された。だが肥後国は、国人勢力が強く、有力な戦国大名が育たなかった国なので、秀吉は成政に、「国人の知行をそのままにすること」「三年間は検地を行わないこと」といった「五箇条の定書《さだめがき》」を渡し、くれぐれも配慮を怠らないよう注意した。

さらに新たに秀吉のものとなった筑前・筑後・肥前・豊前の四国は郡単位に分割され、小早川隆景や黒田孝高らに与えられることになった。

国分けが終わると、秀吉は博多の港湾都市化に力を入れた。言うまでもなく唐入りの拠点として使うためだ。そして対馬を治める宗義調《よししげ》・義智《よしとし》父子に李氏朝鮮国王・宣祖《せんそ》あての国書を託し、朝鮮国を服属させるよう命じた。そして秀吉は突然、驚くべき発表を行う。

「どうしてもお聞き届けいただけませんか」

「まことに美味でござった」

利休の問いに答えず、高山右近が涼やかな笑みを浮かべる。だがその面は憔悴《しょうすい》しきっており、明石六万石を領する三十六歳の大名のものとは、とても思えない。

右近が秀吉から賜った明石の地は陸路と海路の交通の要衝で、その地を拝領したということは、右近の能力と忠誠心が見込まれていることの証左でもあった。

――殿下は有能な者を好む。それゆえ右近殿を大名としておきたいのだ。

秀吉の意を受けた利休は右近を筥崎宮の草庵に招き、茶を喫しながら話をすることにした。

食事を済ませてきているという右近に、利休が用意したのは椎茸《しいたけ》と串鮑《くしあわび》を甘く煮しめたものだった。

筥崎宮の近くに設えた二畳半茶室は、屋根は苫葺《とまぶ》きで壁は青松葉で編んでいるだけの質素なもので、海風が茶室内を吹き抜け、波の音が間近に聞こえる。

「右近殿は殿下のお気に入り。殿下は本気で信仰を捨てろと仰せになっているわけではありません。殿下の狙いは宣教師どもの追放にあります。右近殿が形ばかりにかの者たちとの交わりを断ち、信仰を捨てると言うだけで、明石六万石はそのままとなります。むろん右近殿が宣教師どもに対して内密に信仰を捨てるつもりはないと告げても、殿下は見て見ぬふりをすると仰せです」

「ふふふ」と笑いつつ、右近が首を左右に振る。

「まさか尊師が、かような使いをされるとは思いませんでした」

右近の言葉に、さすがの利休も鼻白む。

「殿下に命じられたとはいえ、私も右近殿の行く末を案じております」

「それはご無礼仕りました。しかし、しょせん無駄なことです」

右近は頑なだった。

六月十九日、秀吉は突然、伴天連追放令を出した。これまで秀吉と宣教師たちは親密な関係にあったが、九州平定が成った今、秀吉にとって伴天連は不要なものとなったからだ。

「此度の追放令は、右近殿が領国内の寺社を焼き払ったことに起因しております」

利休の非難がましい一言に、右近が顔を上げる。

「神仏などという邪教を除くことは正しい行いです」

かつて高槻四万石を所領としていた右近は領国内の寺社を焼き払い、僧侶と神官を追い出した。さらに一昨年、秀吉から明石六万石を拝領した時も、領国に入ってすぐに行ったのは寺社の焼き打ちだった。この時に焼け出された僧侶や神官は、豊臣政権の寺社管理を取り仕切っていた施薬院全宗《やくいんぜんそう》に泣きついた。全宗は僧侶や神官の訴えを秀吉に取り次いだが、秀吉は取り合わず、逆に「明石は右近に与えた地なので、右近が思うままにすればよい」と答えた。

高潔な人格で文武に秀でた右近を、秀吉は高く評価していた。むろんそれだけではないのを利休は知っている。

——伴天連の手筋として、殿下には右近殿が必要だった。そして宣教師たちは、殿下と縁の薄い九州のキリシタン大名や、九州各地に増え続けているキリシタンを手なずける道具として利用された。

九州の平定が成り、伴天連たちの利用価値がなくなった今、秀吉は「待ってました」とばかりに追放令を出したのだ。

「右近殿は、世故に長けている方だと思っていました」

風炉に掛けた新釜から柄杓で湯をすくった利休が、それを黒楽に注ぐ。常ならば茶室内は馥郁たる香りに包まれるのだが、風通しがよく磯臭《いそくさ》いこの茶室で、それは望めない。

「それがしはデウス様一途の者です。世故になど長けてはおりません」

「世の中というのは、相手を慮ることで成り立っています。僧侶も神官も人であり、それなりに筋を通した生き方をしています。それを——」

「デウス様以外の神を信じていることが間違いなのです。それを悔い改めるなら、それがしはいくらでもかの者らを庇護しましょう」

——変わったな。

ここ数年、宣教師たちとの交流が頻繁になり、右近は広い心を失っていた。

「フロイスやオルガンティーノは、権勢を持つ者たちとうまく折り合いを付けながら教線を伸ばしていきたかったのではありませんか」

「それは違います。われらは一味同心し、この国をデウス様の国とするために働いております」

「それは分かります。しかし方法が間違っているのです。何事も短絡的に進めようとすると、必ずしっぺ返しを食います」

――わしは総見院様や殿下の懐にそっと忍び入り、政道と茶の湯を結び付けた。それがいかに困難で繊細な作業か、盲目的な信仰を持つ右近殿には分からないのだ。

話せば話すほど右近とは擦れ違っていく。それにもどかしさを感じながらも、利休は右近をうまく懐柔せねばならないと思った。

秀吉の言葉が脳裏によみがえる。

「わしは伴天連どもが気に食わないだけで、右近はわが手元に残しておきたい。『転び（棄教）』も形ばかりでよい。とりあえず今は、わしの威令に右近でもひれ伏すことを周囲に知らしめたいのだ」

利休が黙って茶碗を差し出すと、右近はうまそうに喫した。

「宇治の新葉ですね」

「ご明察」

右近は黒楽を置くと、口惜しさをにじませながら言った。

「尊師は与り知らぬことだと思いますが、此度の追放令には伏線があったのです」

右近が無念の面持ちで語る。

天正十四年（一五八六）一月、イエズス会副管区長に就任したガスパール・コエリョとその一行は、大坂城落成の祝辞を秀吉に述べるべく長崎から大坂にやってきた。その目的は秀吉に島津征伐を促すことと、非キリシタン大名の領国にいるキリシタンたちの保護だった。

三月、コエリョらを大坂城で謁見した秀吉は、上機嫌で自ら城内を案内し、コエリョの望む二点を了承した。さらに「日本での布教の自由を許そう。それだけではない。これから朝鮮と明を征討するので、唐土のいたるところに教会を建ててもよい」とさえ言った。

この言葉にコエリョらは有頂天となる。さらに秀吉は施薬院全宗を呼び、秀吉が用意した教会への贈り物を披露させた上、祝辞を述べさせた。

宣教師たちにとって、仏門を保護し、あの手この手でキリシタンの布教を妨げてきた全宗は憎むべき敵だった。その全宗に祝辞を述べさせたことで、秀吉が本気で布教を許したことが明らかとなった。

こうした大歓待に、コエリョ、フロイス、オルガンティーノ、ロレンソ了斎といった面々は手放しで喜び、酒にも少々酔った。

その時、得意になったコエリョは大失敗を犯す。

秀吉に対して「九州の全キリシタン大名を味方させます」と言ったのだ。これを聞いたオルガンティーノはすかさず意訳しようとしたが、この日の正式な通訳のフロイスが直訳してしまった。

この時、秀吉の顔色が変わるのを末席にいた右近は見たという。

――大名たちの指揮権は豊臣政権にある。それをコエリョは勘違いしたのだ。

それでも、この日の振舞は和やかなうちに終わった。

そのため右近は、秀吉がコエリョの失言を聞き流したものと思っていた。だが事実は違っていた。

「そんなことがあったのですね」

「もはや終わったことです」

「仰せの通り。しかし殿下が右近殿を買っていることに変わりはありません」

「それが今更、何になるというのです」

「右近殿の存在はキリシタンの光です。この場は大局に立ち、隠忍自重すべきではありませんか」

「つまり静謐な世を築くという大義のために、棄教したふりをしろと仰せですね」

「しかり」

利休が薄茶を右近の前に置く。だが右近はそれに手を付けず、茶碗から上がる湯気を眺めている。

風が青松葉で編んだ壁を激しく揺らし、外で吹く松籟が不穏な音を奏でる。

「尊師、たとえどのようなことがあろうと、それがしはデウス様を裏切ることなどできません」

「そうでしょうか。確かに『転びキリシタン』という誤解を、信者たちから一時的に受ける辛さは分かります。しかし、それもまた受難の一つではないでしょうか」

「受難と仰せか」

右近の眉間に深い皺が寄る。

――これまでの生涯で、右近殿は「転び者」を蔑んできたに違いない。たとえそれが偽装でも、まさか己が棄教者になるなどと考えたこともなかったのだ。

「右近殿、たとえ『転び者』と後ろ指を差されようとも、デウス様は真実を知っておいでです。それだけで十分ではありませんか」

一つため息をつくと、右近が薄茶をすすった。

「まことによき風味。茶葉は宇治でなければいけません」

「キリシタンたちの旗頭も、右近殿でなければなりません」

「ふふふ」と微笑むと、右近が冷めた声音で言った。

「尊師がキリシタンであったなら、デウス様の教えは、瞬く間にこの国の隅々にまで広まることでしょう」

――崇め奉っているだけでよい神仏の存在を人に信じさせ、死んでも極楽浄土やハライソなるものに行けると説き、民を死地に追い込む宗教など、わしは信じない。

利休は、信仰を持つ者の死を嫌というほど見てきた。その中には無駄死にに等しいものもあったが、彼らは極楽に行けると信じていた。

——たかが茶の湯かもしれない。されど茶の湯は人をだまさない。

「私は一介の茶人にすぎません」

「ご謙遜なさいますな。茶人とは仮の姿。尊師は神になろうとしておられるのでは」

右近の言葉は利休の意表を突いたが、利休は平然と言い返した。

「それは違います。茶の湯は宗教ではありません。人の心を慰める趣向の一つです。廃れれば、誰も見向きもしないでしょう」

「それを本音で仰せか」

右近が鋭い視線で問う。

「いかにも。しかし私が神にならずとも、茶の湯は生命を永らえるはず」

「なぜ、そうとまで言い切れるのですか」

「この世には、茶の湯を必要とする天下人がいるからです」

「つまり、尊師は己の死後も、権勢を持つ者たちを抑えていこうというのですね」

「そうです。さもなくば戦乱の世はずっと続きます。われらは権勢を持つ者たちの横暴を抑え、世に静謐をもたらし、誰もが生きることに喜びを見出せる世を作っていかねばなりません。そのためには茶の湯だけでは足りません。右近殿や宣教師の皆様たちのお力が必要なのです。何卒、ご翻意いただけませんか」

利休も一神教の恐ろしさは心得ている。だがその毒も、茶によって中和すれば共存は可能だと思い始めていた。

だが右近は首を左右に振った。

「私は尊師のように生きることはできません。己一個の信仰を貫くだけで精いっぱいなのです」

「そんなことはありません。右近殿の器量なら、世を静謐に導くことができます」

「買いかぶらないで下さい。それがしは求道者《ぐどうしゃ》として生涯を終えるつもりです」

「どうしても、お聞き届けいただけないのですね」

「はい。それがしは知行を捨てても、信仰は捨てません」

壁を吹き抜けてくる磯風に晒されながら、右近が爽《さわ》やかな笑みを浮かべた。

この後、大名の座を自ら降りた右近は、小西行長の庇護下に入り、その後、前田利家の家臣となった。だが、日本全土をキリシタンにするという右近の夢は遂に実現できず、天下人が家康に替わった後に出された禁教令によって国外追放とされ、マニラで客死することになる。

筥崎宮に一カ月余も滞陣した秀吉が博多を後にしたのは、七月二日のことだった。十二日には安宅船《あたけぶね》の船中で慰労の大茶事を行い、十四日、万余の人々に迎えられ、秀吉は大坂城に凱旋した。

秀吉の時代は最盛期を迎えていた。

（下巻につづく）

本作は二〇二〇年二月小社より刊行された作品を
文庫化にあたり二分冊したものです。

茶聖《ちゃせい》(上)

伊東潤《いとうじゅん》

令和4年6月10日　初版発行

発行人――石原正康
編集人――高部真人
発行所――株式会社幻冬舎
〒151-0051東京都渋谷区千駄ヶ谷4-9-7
電話　03(5411)6222(営業)
　　　03(5411)6211(編集)
公式HP　https://www.gentosha.co.jp/
印刷・製本―中央精版印刷株式会社
装丁者――高橋雅之

幻冬舎時代小説文庫

ISBN978-4-344-43197-3　C0193　い-68-3

この本に関するご意見・ご感想は、下記アンケートフォームからお寄せください。
https://www.gentosha.co.jp/e/